U0116812

Goosebumps™

鸡皮疙瘩

系列丛书

WANSHENGJIE JINGHUN · LAN MAO JU SHOU

万圣节惊魂●蓝毛巨兽

[美] R.L.斯坦 著　周玉军 译

接力出版社
Publishing House

目 录

致中国读者……………R.L.斯坦 001
智者的心灵历险（序一）……………金波 003
斯坦大叔，请摘下你脸上那副吓人的面具（序二）…………彭懿 007

万圣节惊魂

1 一个错误……………003
2 无限恐惧……………009
3 不速之客……………013
4 无路可逃……………016
5 变态玩笑……………019
6 黑暗突袭……………023
7 脊背发凉……………028
8 棋差一招……………032
9 囚禁……………035
10 白日梦……………041
11 失踪……………046
12 转机……………049
13 遇险……………053
14 野兽……………060
15 好戏开场……………065
16 南瓜头……………070

17 树林……………074
18 一个新社区……………078
19 火墙……………083
20 夏恩和赛娜……………087
21 头颅……………089
22 别无选择……………092
23 救星……………095
24 大餐……………099
25 直到永远……………103
26 南瓜头之家……………106
27 换头……………110
28 变化……………112
29 真相……………114

蓝毛巨兽

1 野营……………119
2 林中游戏……………125
3 古怪的树林……………129
4 蓝毛巨兽……………136
5 巨兽群出现……………139
6 跑还是不跑？……………143
7 你当鬼……………147
8 捕猎……………149
9 古拉柳树……………153

10 规则……………155
11 长眼睛的藤蔓……………159
12 冰凉的舌头……………166
13 怪招救命……………169
14 一个计划……………173
15 奈特遇险……………175
16 急中生智……………178
17 偷袭……………181
18 惩罚之石……………185
19 身陷罚笼……………190
20 孤军奋战……………192
21 落入陷阱……………196
22 无路可逃……………199
23 保命云……………202
24 失误……………207
25 得手……………211
26 躲藏……………215
27 重逢……………219
28 松鼠狗的藏身洞……………223
29 虫子窝……………226
30 意料之外……………229
31 蓝毛巨兽的烧烤……………234
32 自投罗网……………238
33 双胞胎的分身术……………241

“鸡皮疙瘩”预告

离魂狂犬（精彩片段）……………245
变异人来袭（精彩片段）……………253

欢迎来到“鸡皮疙瘩”俱乐部

鸡皮疙瘩“我不怕——”主题征文大赛暨
勇敢者宣言征集……………262
“神奇力量值”寻找行动——有奖集花
连环拼图游戏……………263
神探赛斯惊险档案1……………264

致中国读者

中国的读者朋友们，你们好！

听说大家很喜欢我的书，我很开心。

我觉得，要让孩子们认识到他们可以到书里去寻找乐趣，这一点非常重要，并且，我还要让他们接触到惊悚的内容，但同时又有安全感。在这些惊悚的场景里我加入了一些幽默元素，这样小朋友们在开怀大笑的同时又有一点点紧张。

很多小朋友觉得交朋友是件很难的事儿，总是奇怪为什么别的小朋友在这方面好像更加轻松容易。对于腼腆的小朋友们，我的建议就是找到你喜欢做的事儿——不管是写作啦，还是运动啦，或者是玩游戏啦，等等。

做这些事儿，会带来两个益处。首先，你可能会遇到别的和你有同样兴趣的小朋友。其次，如果你真的对什么

感兴趣，那么你谈论起来时就会轻松自如。

我从来就没停止过和孩子们的交流，我认为重要的是要让孩子们去寻找自己的方式。我提倡小朋友们多读书，找到自己感兴趣的可以轻松自如地谈论的内容。

我认为家长和老师倾听孩子的声音非常重要。有些孩子愿意和父母交流自己的感受，但有些却不愿意。有的时候他们虽然在说一些看似无关紧要的事情，但对于他们自己来说却很重要。

我希望有机会能来中国，见见大家，参观一下这个充满魅力的国度。我很喜欢龙，我一定会好好构思一个关于龙的精彩故事。

到北京看看是我心驰神往的事情。我住在纽约市的中心，但我可以打赌，北京肯定会让人感觉更大——哪怕是对于像我一样习惯了纽约的人来说也是如此。

智者的心灵历险（序一）

首都师范大学教授　著名儿童文学作家、诗人

国际安徒生奖提名奖获得者　**金　波**

人当少年时，智慧大增，却更加渴望心灵历险，愿意体验一下“恐怖”的刺激。那感觉，让我想起坐上“过山车”的游戏，惊险中嗷嗷的呼叫声不绝于耳，既是恐怖的，又是愉悦的。

现在提供给广大读者的这套“鸡皮疙瘩系列丛书”当你阅读的时候，就像搭乘一次心灵历险的“过山车”。

少年心理的健康发展，需要一个磨砺过程，生活阅历中的挫折，情感体验中的悲喜，精神世界中的追求，都是人生不可缺少的历程。

心理上的“恐怖”也是一种体验，它可以给予我们胆识、睿智、想象力。

这套“鸡皮疙瘩系列丛书”，在美国颇受少年儿童的青睐，甚至让那些不爱读书的孩子，也耽读不倦，爱不释

手。因此，1999年，这套丛书曾以27种文字版本出版，全球销售两亿多册，作者R.L.斯坦被评为当年最受欢迎的儿童文学作家。

是的，阅读“鸡皮疙瘩系列丛书”，与我们通常阅读小说、童话以及科幻故事相比较，颇有异趣。书中斑驳陆离的情境，浩瀚恣肆的想象，直抉心灵的震颤，蔚成奇观，参配天地。

阅读“鸡皮疙瘩系列丛书”，感受心灵探险，好奇心得到充分的满足，获得充分的自由、畅快。在想象的世界中，可以我行我素，或走马古老荒原，邂逅精灵小怪，或穿越沼泽湿地，目睹青磷鬼火，或瞻谒古宅废园，发现千古幽灵，尽情享受一番超越现实、脱俗出尘的惊险和快乐。

这里有冥茫混沌中创造出的另一个世界，这个世界中所发生的故事，虽属怪诞，甚至可怖，虽是对不真实或不存在的事物纯乎幻想与游戏性的艺术再现，但它又与我们的现实生活息息相通，就如同发生在我们身边的事情，让你相信那诸多的神灵鬼怪，其实都是摄取于现实生活中实有的人物。

阅读这些故事，随着故事的进展，情感也随之波澜起伏，有壮烈的激情，有缱绻的爱意，也有凄美的伤感。总之，阅读的快感，丰沛而多彩。

阅读这样奇异的故事，经过一场心灵的历险和心理上的恐怖体验，同样会对善与恶、美与丑，或彼或此，有所鉴别，这同样有赖读者的灵性与妙悟。

这些故事，打破现实与虚幻、时间与空间的界限，富于魔幻和神秘色彩。我们畅游于这个奇幻的世界，感受着与宇宙万物的冲突、和谐，与古今哲思的交流、契合，与人类的心力才智的感悟、沟通。

我们可以和魂灵互致绸缪，可以把怪诞嘘之入梦。我们的精神世界丰盛了，视野开阔了，心理也会为之更加强健。

要做一个智者、勇者，就要敢于经历心灵的探险。阅读这套“鸡皮疙瘩系列丛书”，虽然会有坐“过山车”的惊恐，但终将“安全着陆”。那时候，你会津津乐道，回味无穷。

斯坦大叔，请摘下你脸上那副吓人的面具（序二）

著名儿童文学理论家、作家　彭　懿

——等了这么久，R.L.斯坦终于来敲门了。

隔着门缝，我窥见月光下是一个青面獠牙的怪物，是他，戴着面具，他来了，我发现我起了一身的鸡皮疙瘩，体温降到了零度。

这个男人就站在门外。

我战栗起来，我不知道是不是应该开门让这个寒气逼人的男人进来。其实，斯坦不过是一位给孩子们写惊险小说的作家，1943年出生于美国的俄亥俄州，比被誉为“当代惊险小说之王”的斯蒂芬·金还要大上四岁。不到十年的时间，他的“鸡皮疙瘩系列丛书”（Goosebumps）就卖出了一个足以让我们的畅销书作家汗颜的天文数字——2.2亿册！

我战栗什么呢？

我战栗，是因为惊险小说在我们这里还是一大禁忌。不单是我，许多甚至连惊险小说是一个什么概念都搞不清楚的人，只要一听到“恐怖”两个字，就脸色惨白了。我们是怕吓坏了我们的孩子。但我们忘了，几十年前，在一根将熄未熄的蜡烛后面睁大了一双双惊恐的眼睛听鬼故事的，恰恰正是我们自己。

事实上，我们许多人对惊险小说都有一种饥饿感，就连斯蒂芬·金自己都沾沾自喜地说了，不论是谁，拿起一本惊险小说就回归到了孩子。恐怖，原本是人类自诞生以来最原始的一种感情，但到了小说里面，它已经变味了，衍生出了一种娱乐的功能。

我们为何会如饥似渴地去追求这种惊险呢？

恐怕是因为惊险小说或多或少地表达了现代人在潜意识中的某种对日常生活崩溃的不安，而作为它的核心，潜藏在恐怖的背景之下的“神秘”与“未知”，更是满足了人们的好奇心。还有一个重要的理由，就是有光必有影，有了恶，才看得出善。从本质上来说，人是渴望“善”与“光明”的，通常被我们忽略或是遗忘了的这种倾向，在惊险小说的阅读中都被如数找了回来。不是吗，我们不正是在惊险小说里认识到了潜伏在恐怖背后的“恶”与“黑暗”的吗？面对恐怖，我们才重新发现了被深深地尘封在

心底的“正义”、“善”和“光明”。

——门外的斯坦等不及了，开始砸门了，他号叫着破门而入。

斯坦的“鸡皮疙瘩系列丛书”可是够吓人的，看看他都给孩子们讲述了一个个什么故事吧——埃文和新结识的女孩艾蒂从一个古怪的商店买回了一罐尘封的魔血。他的爱犬不小心吃了一口，于是它开始变化，那罐魔血也开始膨胀吃人……

斯坦绝对是一个来自魔界的怪物。

作为一个同行，我无法不对斯坦顶礼膜拜，每个月出书两本的斯坦怎么会有那么多诡异的灵感？他在接受《亚特兰大日报》的采访时曾说过一句话：“我整天文思泉涌，写得非常顺手……”斯坦从不吝啬自己的灵感，甚至已经到了铺张奢华的地步，这就不能不让我起疑心了，据说他房间里有一副土著人的面具，我怀疑斯坦一定是戴着这副被下了毒咒的面具不知疲倦地写作的。

除了灵感，他的想象力也是无与伦比的。

当然了，还有故事。和斯蒂芬·金一样，斯坦也是一个讲故事的高手，唯一不同的是，斯蒂芬·金是在给大人讲故事，而斯坦是在给孩子讲故事。在我们愈来愈不会讲

故事、一连串的短篇就能串起一部十几万字的长篇的今天，斯坦显得实在是太会讲故事了。他从不拖泥带水，一个悬念接着一个悬念，永远出乎你的意料之外。

记忆里，我似乎没有看到过比它们更好看的故事。

——我逃进了过道，斯坦狞笑着在后面紧追不舍。我透不过气来了，我打开一扇壁橱的门钻了进去，我在暗处打量起这个男人来。

像《魔戒》的作者托尔金提出了一个“第二世界”的理论一样，斯坦也为自己量身定做了一个理论：安全惊险。所谓的“安全惊险”，又称之为“过山车理论”，说白了，意思就是你们读我的惊险小说，就像坐过山车一样，虽然坐在上面会发出一阵阵惊叫，但到头来总会安全着陆。斯坦这人也是够世故的了，明眼人一看就知道这套所谓的理论不过是说给那些拒绝让孩子看惊险小说的大人听的，是一块挡箭牌。

尽管斯坦的“过山车理论”多少带了点贼喊捉贼式的心虚，我们还能指责他一两句，但他在惊险小说上的造诣，我们就只有仰视的份儿了。可以这么说，斯坦已经把惊险小说——至少是给孩子看的这一块——发挥到了极致。

第一，斯坦把惊险推向了我们的日常。你去看他的故事好了，它们几乎都发生在一个与你咫尺之遥的地方，就在你身边，主人公与你一样地说“酷”，与你穿一样的耐克鞋，与你拥有一样的偶像、一样的苦恼……这正是现代惊险小说的一大特征。它缩短了与读者之间的距离，使读者与书中那些与自己相似的人物重叠到了一起。只有这样，读者才会不知不觉地对那些来自魔界或另外一个世界的怪物们信以为真，才会共同体验或者说是共同经历一场可怕的恐怖。

故事发生在我们的日常，并不是说现实世界与幻想世界的界限就在斯坦的作品里消失了。实际上，这不过是幻想小说里一种常见的模式而已，即“日常魔法”（Every-day Magic），它是《五个孩子和一个怪物》的作者E.内斯比特的首创，它不像“哈利·波特”那样从现实世界进入一个幻想世界，而是颠倒了过来，即幻想世界的人物侵入到了现实世界。斯坦非常的聪明，这种“日常魔法”的写法，不需要去设置什么像九又四分之三车站一样的通道，轻而易举地就能俘获读者的“相信”。

第二，斯坦把快乐注入了惊险。写过《挪威的森林》的村上春树曾说过一句话：好的惊险小说，既能让读者感到不安（uneasy），又不能让读者感到不快（uncom-fortable）。斯坦就做到了这一点，岂止是没有不快，而是太快乐了。从斯坦的简历中我发现，斯坦曾在一家儿童幽默杂志任职长达十年之久，所以他的惊险小说才能那样逗人发噱。

——斯坦发现了我，一把把我从壁橱里面拽了出来，拽到了阳光下面。这时，他把脸上的面具摘了下来，我终于看清了他的一张脸。

斯坦戴着一副眼镜，不过，他镜片后面的那双眼睛很亮、很单纯，无邪得就像是一个孩子。这与斯蒂芬·金就大不一样了，斯蒂芬·金的那双眼睛混浊得让你不寒而栗。这也就是为什么上帝要选择斯坦来为孩子们写惊险小说的缘故吧！

真的，你读斯坦的书，就像是被一个戴着怪物面具的大叔在后面手舞足蹈地追着，他嘴里发出的尖叫声比你还恐怖，还不时地搔上你几下，你会哇哇尖叫，会逃得透不过气来，但你不会死，你知道这不过是一场游戏。

万圣节惊魂

1 一个错误

“去哪儿呀，小精灵?”爸爸在书房喊。

“别叫我小精灵!”我嚷道，“我的名字叫珠儿!”

爸爸总以为叫我小精灵很风趣，但我可受够了。他之所以叫我小精灵是因为我身材小，不像十二岁，再加上我有一头不打卷的黑色短发，还有一个尖下巴和尖鼻头。

要是你长得像个小精灵，你喜欢别人叫你小精灵吗?

决不会!

有一天，爸爸叫我小精灵的时候被我的铁哥们儿瓦克·帕克斯听到了。结果他也想试试我的新名字。“最近怎么样啊，小精灵?”这家伙说。

我在瓦克的脚面上咬牙切齿地猛踩了一下，从此他永

远忘记了我的新名字。

“你要去哪儿呀，珠儿?”爸爸在书房喊。

“外面!”说完我猛地关上前门。父母问什么我都不会直截了当地回答，我喜欢让他们自己去猜，这可是我的一大乐趣。

对，你可以说我和小精灵一样诡计多端，但这话埋在心里可以，如果说出声来，那你就得小心自己的脚面啦!

我是个狠角色。不信问谁都可以，大家都会告诉你珠儿·布罗克曼是个狠主儿。如果你是班里最单薄的女生，那你就只好够狠了。

事实上，我哪儿都不想去，只是在等朋友们来而已。我走到街上去等他们。

我深吸了一口气。路口的房子里生着炉火，白色的烟从烟囱里飘出来，一股很好闻的松香味儿。

我喜欢秋天，因为到了秋天，意味着万圣节就要到了。

万圣节是我最喜欢的节日。我猜是因为在万圣节我可以装扮成另一个样子。一年之中，只有这一个晚上，我可以不做尖下巴的自己。

但万圣节也有一个麻烦。我们班上的两个同学，塔碧·魏斯和李·温斯顿就是麻烦的原因。

在过去的两年里，我和瓦克的万圣节就毁在了他们手里。

不单我气得要命，瓦克也是一肚子的火。我们最喜欢的节日，彻底砸了，砸在这两个自以为是的家伙手上！

嗯——哼！

真是想起来气就不打一处来，恨不能找个人猛揍一顿。

我的另外两个朋友，夏恩·马丁和赛娜·马丁，也同样心中有气。夏恩和赛娜是一对双胞胎兄妹，和我同龄，就住我家隔壁，我们没少泡在一起。

夏恩和赛娜长得比较特别，和我认识的其他人都不一样。他们都是金色的鬈发，红彤彤的圆脸蛋，笑起来像个月亮，身材矮墩墩的挺结实。

爸爸说他们是“矮冬瓜”。他的词儿可真多，对世界上的每一个人，他都有一个说法，但没有一个说法是好听的。

不管怎么说，双胞胎也与我和瓦克一样憎恨塔碧和李，这叫同仇敌忾。这个万圣节，我们必须得使点手段，叫他们知道厉害。问题是，我们还没想出，该使什么手段。他们几个要到我家里来，正是为了这事儿，大伙儿要在一起想个主意。

塔碧和李是从什么时候起成了我们的麻烦呢？话还得从两年前说起。那次的事我记得再清楚不过了。

那时我和瓦克十岁。一天，我们在房前闲待着，瓦克把自行车横倒在地，鼓捣着轮子上的辐条。

那是个美丽的秋日，街区的一头，有人在烧一大堆落叶。这在我们河谷区是违法的行为。一有人烧落叶，爸爸总是嘟囔着要报警。但我特喜欢那股味道。

那天，瓦克正摆弄他的自行车，我在一旁看着。我不记得当时我们在谈什么了，总之，我一抬头，就看到了塔碧和李。

塔碧看起来还是那么完美。当然，爸爸也给她取了个绰号——完美小姐。只不过，这一次是名副其实。

风不停地吹，但她的金色长发却纹丝不动，不像我的满头乱草。

塔碧的皮肤是奶白色的，绿眼睛时不时地会放电，可以说没有一处不完美。她是个大美人儿，她比别人更知道这一点。

有时候，我得拼了命才能忍住，不伸出双手抓乱她的头发。

李高高的个头，很帅气，深棕色的眼睛，爽朗的笑容。他是非洲裔美国人，走起路来那架势特酷，有点像MTV里的说唱明星。

学校里的女生都觉得他帅呆了。但我却总听不清他说的是啥，因为他嘴里总嚼着一大块绿苹果口香糖。

“噢……噢……”李瞧着瓦克的自行车，嘴巴里噢了几声不知噢什么。

“嘿，”我说，“你们好啊！”

塔碧摆出一副恶心的表情，用手指着我的脸说：“珠儿，你的鼻子上挂着什么东西？”

“啊——”我飞手摸了摸鼻尖，什么也没有。

“抱歉，看错了，”塔碧一脸坏相地说，“只是看起来像有东西挂着。”

说完塔碧和李都大笑起来。

塔碧总是和我开这种可恨的玩笑。她知道我对自己的相貌缺乏自信，所以多傻的把戏都会上当。

“自行车挺不错呀，”李对瓦克说，声音依旧那么含糊，“多少速的？”

“十二速的。”

“我的那辆四十二速。”李不屑地说。

“什么？”瓦克噌一下蹦了起来，“根本不可能有四十二速的！”

“我的就是，”李的声音仍然那么不屑，“是特别定制的。”

他吹出了一个大大的口香糖泡泡，一边冷笑一边吹泡

可不是件容易的事。

我真想一巴掌把那个大泡拍碎在他脸上，可他向后退了一步，自己把泡吹爆了。

“你去理发了吧?”塔碧盯着我被风吹乱的头发问。

“没有!”

“我看肯定是理了。”她说着用手抚摩了一下自己完美的秀发。

“哼……”我忍无可忍，攥紧了拳头，喉间发出一声怒吼。

我经常在嗓子眼里闷吼，有时候连我自己都意识不到。

“噢……噢……”李又照例哼唧了句什么话，口香糖都嚼出汁来了，顺着他的下巴直流。

“你说什么?”我问。

“我要办个万圣节晚会。”他说。

我的心开始狂跳。“一个真正的万圣节晚会吗?”我问，“大家都化装赴会？有热苹果酒、有游戏、有叼苹果，还有恐怖故事的真正的万圣节晚会?”

李点点头：“是的，一个真正的万圣节之夜，地点就在我家，你俩想参加吗?”

“当然!”瓦克和我回答。

但那是个错误的回答。一个大大的错误!

2 无限恐惧

瓦克和我到达的时候，屋子里已经满是我们学校的同学。李的父母在客厅里挂满了黑色和橙色的彩纸。窗台上摆着三个大大的空心南瓜灯，咧开大嘴对我们笑着。

塔碧当然是我迎面碰到的第一个人。即使化了装，她也不难认——她把自己打扮成了一位公主!

完美吧?!

她穿着粉红色公主裙，高高的蕾丝花领，滚边的蓬松长袖，金发盘起，上面是一个皇冠，镶着闪光的水晶石。

她皱了皱涂了口红的嘴唇朝我一笑："是你吗，珠儿?"她装着没认出我，"你这是什么扮相？一只小老鼠?"

"不是!"我说，"我不是老鼠，我是克林贡！你连《星际旅行》都没看过吗?"

塔碧讥讽地说："你真的确定你不是一只老鼠吗?"

我转身走开。塔碧一脸满意的笑容，嘲弄我是她的乐趣。

我忍气吞声地在心里低吼了一声，然后去找别人聊天。在壁炉前我看到了夏恩和赛娜。双胞胎的装扮不难认，他们打扮成了一对胖胖的雪人。

"衣服真棒!"我跟他们打了个招呼。

他们身上还装着两个雪球，小点儿的顶在头上，背上背着一个大的。雪人的雪脸上切出两个小洞，露出眼睛，但我辨认不出哪个是夏恩哪个是赛娜。"你们的雪是用什么做的?"我问。

"聚乙烯泡沫，"赛娜答道，她的声音又尖又细，现在我总算分得清他们谁是谁了，"我们的装扮是从大块泡沫上切出来的。"

"真酷!"我说。

"晚会真棒，是吧?"夏恩插话进来，"咱班上的同学都到了。你看到布莱娜·摩斯了吗？她全身都喷了银漆，连脸和头发都喷了。"

"她想扮什么?"我边问边向人群里找她，"银影侠?"

"不是，我猜她扮的是自由女神像，"夏恩答道，"没见她拿着个塑料火炬吗?"

壁炉里发出噼啪一声爆响，火一下子熄了大半，屋子

马上暗了下来，长长的黑影在地板上晃动着，万圣节的气氛越发浓郁起来。

我转过头，看见瓦克正费劲儿地向我们走过来。他全身缠满了绷带和纱布，像个木乃伊。

“我有麻烦了。”他说。

“什么事?”夏恩问。

“我妈妈包扎的手艺太差了，”瓦克抱怨说，“绷带都要散开啦!”他说着使劲儿想把脖子上松开的绷带缠回去。

“噢!”他泄气地叫了一声，“全都完了!”

“你里面穿着衣服吧?”赛娜问。

夏恩和我都笑起来。我心里想着瓦克蹲在屋子当中，脚下一堆纱布，身上只有一条内裤的模样。

“我里面穿着衣服呢，”瓦克说，“可如果这些纱布都散掉，那我可就惨了!”

“嗨! 有什么问题吗?”李走过来说。他打扮成蝙蝠侠的样子，但面具下深色的眼睛还是让我认了出来，再说他的声音我也听得出。

“晚会真棒!”赛娜说。

“没错，真是挺棒的。”我也跟着捧场。

李刚要说话，一声巨响，把所有人都吓住了。

大家都愣了。“那是什么声音?”李大声喊道。

屋内鸦雀无声。

我又听到咔嚓一声，像是砸东西的声音，还有低低的说话声。

“是……是在地下室传来的！”李结结巴巴地说。他摘掉面具，乱发遮住了面孔，但我还是看到他一副惊恐的神情。

我们全都转过身去，把目光移到客厅那头，转过那道开着的厅门，就是通向地下室的楼梯。

又是咔嚓一声。“噢——”李倒抽了一口冷气。

紧接着，沉重的脚步声从地下室的楼梯上传来。

“地下室进来人了！”李惊恐地叫道，“有人闯进来了！”

3 不速之客

“妈妈！爸爸！”李的叫声在寂静的客厅里显得异常尖利！其他人都吓得呆若木鸡。

沉重的脚步声继续沿着楼梯向上。我的脊背一阵发凉。

“妈妈！爸爸！快来啊！”李又喊了一声。他的眼睛因恐惧而鼓起。

没有回答。

“妈妈！爸爸！”李喊叫着向父母的卧室跑去，他们的卧室位于房子的后半部。

我刚要抬脚跟在后面，但李马上就返了回来，全身不停发抖：“我爸爸妈妈——他们，他们不见了！”

“快叫警察吧！”有人说。

“对！快打911！”瓦克尖声说道。

李冲向沙发旁边的电话机，踢翻了垫子上的一罐可乐，但他根本没注意到。

他一把抓起听筒，没等放到耳边，已经开始按报警号码。紧接着，他的手一松，听筒掉了下来。他转身面对我们：“电话不通，线被掐断了……”

同学们都惊恐不已连抽冷气，还有几个甚至被吓哭了。

我转身看着瓦克，但嘴巴刚刚张开，还没等发出声音，就见两个粗壮的身影从地下室楼梯口处闪了进来。

“天哪!”李发出一声可怖的尖叫。塔碧走上前，靠在他身边，紧握住他的胳膊。她化着浓妆的眼睛瞪得溜圆，充满了恐惧。

两个闯入者快步走到客厅门口，挡住了去路。他们一个人戴着蓝色羊毛滑雪面罩，另一个戴着胶皮大猩猩面具。两人都穿着皮衣和黑色牛仔裤。

“大猩猩”发出一阵冷酷的笑声，那声音低沉嘶哑，叫人毛骨悚然：“晚会正式开始啦，嘎嘎嘎……”

几个孩子哭了起来。我的心怦怦狂跳，突然间觉得身上忽冷忽热。

“你们是什么人?”一片哭叫声中李大声地问，“你们是怎么进来的？我爸爸妈妈呢?”

“你的爸爸妈妈？哈!”戴着滑雪面罩的家伙说，他的眼睛很蓝，几乎就和他的羊毛面罩一样的蓝，“你有父母吗?”说完两个家伙都大笑起来。

“他们在哪里?”李问道。

“我想他们准是一看到我们就逃命去了。”戴滑雪面罩的人说。

李艰难地咽了咽口水，喉咙里发出了呜咽声。

塔碧站到滑雪面罩面前，怒气冲冲地对两个闯入者叫道：“你们不可以进来！我们正在开晚会!”

大猩猩和滑雪面罩对望了一眼，然后一齐爆笑，笑得前仰后合。

“现在已经是我们的晚会啦!”大猩猩说，“我宣布，现在晚会由我们接管!”

所有人都倒吸了一口冷气。突然间我觉得腿好像没长在自己身上，都快站不住了。我抓着瓦克的肩膀，才不至于跌倒。

“你们，你们想干什么?”塔碧问道。

4 无路可逃

“所有人全都跪在地板上!”滑雪面罩喊道。

“你们不能这么做!”塔碧尖叫。

“我们只是小孩子!”不知是谁哀求道，“你们是要打劫吗？我们没钱哪!”

我看到壁炉边夏恩和赛娜挤在一起。他们的脸被雪人面具挡住了，但我知道他们肯定同样紧张。

“跪下!”两个匪徒一起大喝!

屋子里扑通声一片，混合着各样化装服摩擦出的怪声。我们都乖乖地跪倒在地。

“你们俩，也跪下!”大猩猩向夏恩和赛娜吼道。

“我们没法跪呀！穿着雪人装我们怎么跪呀?”赛娜哭着说。

“管你怎么跪，都要跪下来!”大猩猩恶狠狠地说。

“要么自己跪，要么我们按着你们跪!”滑雪面罩威胁说。

夏恩和赛娜千辛万苦地跪了下来。挂在他们屁股后面的大雪球成了一大障碍，得先扯下来。赛娜的雪球在撕扯的时候裂成了两半。

“好！现在，开始做俯卧撑!”大猩猩命令道。

“什么?”屋子里一片迷惑不解之声。

“俯卧撑!”大猩猩叫道，“你们总不会不知道什么是俯卧撑吧!”

“要……要做多少啊?”瓦克问。他跪在咖啡桌旁的垫子上，紧挨着我。

“两个小时吧!”滑雪面罩答道。

“两个小时?”一些孩子又要哭了。

“两小时俯卧撑只是让你们热热身，”大猩猩说，“然后还有更刺激的活动等着呢!”

“嘿！绝对刺激!”他的同伙附和道。说罢两个坏蛋又同声大笑起来。

“你们不能这么做!”我叫道。但我的声音又尖又细，简直就像耗子叫，只有我自己听得到。

其他一些孩子也纷纷抗议。我看了看门口，滑雪面罩已经走到客厅里边那一头，但大猩猩仍堵在门口，无路可逃。

“现在开始！”大猩猩发出咆哮。

“否则就让你们连做三个钟头！”他的同伙跟着响应。

耳边响起一阵抱怨声。但大家都老老实实趴在地上，吭吭哧哧做起了俯卧撑。

我们又有什么选择的余地呢？

“我们做不了连续两个小时俯卧撑，”瓦克气喘吁吁地说，“不等做完就会晕倒！”

他趴在地板上，手支撑着身体一起一伏，不停地重复着，身上的绷带随着每一个动作不停地脱落。

“快些！”大猩猩吼道，“再快些！加油！”

我只做了四五个，胳膊已经疼痛难忍。我平时很少锻炼，只是骑骑自行车及夏天的时候游游泳。

我根本连一刻钟都坚持不了。

我抬起眼睛——面前的一幕让我惊呆了。

5 变态玩笑

“瓦克……你看！”我轻声道。

“什么?”瓦克呻吟着说。

我用手指捅了捅瓦克的肋骨，他失去平衡，咕咚一声歪倒在地。“喂……珠儿！你搞什么名堂?”他哼哼唧唧地说。

然后，他顺着我的目光看向门口，也同样惊呆了。塔碧和李并没有做俯卧撑，却和两个匪徒站到了一起，他们的脸上都绽露着特别心满意足的笑容。

我支起身子跪在地板上。这时，李开始笑出了声音，塔碧也大笑出声，头上的皇冠都笑得直颤！啪！他们抬手击掌相庆。

我周围的地板上，一些孩子仍是头都不抬，继续吭哧吭哧做着俯卧撑，真是乖得要命。

但瓦克和我已经停了下来。我们仍跪在地板上，看着塔碧和李。这两个变态的家伙仍在扬扬得意地欣赏着自己的杰作。

我张开嘴巴，却没能吼出来。这时，两个闯入者摘下了面罩。

我马上就认出了戴大猩猩面具的是谁——托德·杰夫里，李的邻居，是个高中生。戴滑雪面罩的家伙我也认识，大概是叫乔伊什么的，是托德的朋友。

托德把前额上的红头发向后拢了拢。他脸色发红，满头大汗，头发都湿了。我估计胶皮面罩里面的温度不低。

乔伊把滑雪面罩甩到地上，摇摇头，笑看着我们说："伙计们，只是个玩笑！万圣节快乐！"

这时所有的孩子们都停了下来，但大家都呆呆地支在地板上，谁都不说话，估计都是吃惊过度，连站起来都忘记了。

"只是和大家开个玩笑！"李咧嘴笑道。

"没把你们吓坏吧？"塔碧嗲声嗲气地说。

"啊——"我发出有生以来最沉重的一声咆哮，预备着一跃而起，扯下她头上的皇冠，把它卡在她的脖子上。

托德和乔伊也互击了一掌，然后捡起地上的可乐，仰起脖子咕咚咚喝了起来。

"大家可以平身啦！"李讥讽地说。

“哇！你们吓得可不轻哪！”塔碧的声音快活无比，“看来我们是真把你们骗住啦！”

“我真不敢相信！”瓦克摇头嘟囔着说，他脸上的绷带全都掉了下来，松松垮垮堆在肩膀上，“我真是无法相信，竟然有这样的事，竟然开这种卑鄙的玩笑！”

我摇摇晃晃站起身，并把瓦克从地上拉起来。我听到身后夏恩和赛娜的抱怨声，他们的雪人装彻底毁了。

大家都很生气，没人觉得这个玩笑有一丁点儿可爱之处，只有塔碧和李在笑。

我穿过屋子，打算让这两个坏蛋好好听听我的想法，但李的父母恰在这时走了进来。

他们脱去身上的大衣。“我们去了隔壁的杰夫里家，”李的妈妈说着看到了托德，“哟！托德，原来你在这里！我们刚从你家回来！你来帮着李搞晚会吗？”

“差不多是吧。”托德咧嘴笑着说。

“晚会怎么样，大家开心吗？”李的爸爸问。

“棒极了！”李答道，“从来没玩得这么开心过！”

这就是两年前塔碧和李毁掉我们万圣节的经过。

瓦克和我，还有夏恩和赛娜，我们都给气坏了。

不，我们不只是气坏了，简直是被气疯了。

万圣节是我们的最爱，我们决不能容忍它就这么给一个垃圾玩笑毁掉!

于是，一年后，我们决定报仇雪恨。

6 黑暗突袭

“我们得弄点特别的装饰，”赛娜说，“尽是老套的南瓜、骷髅可不行。”

“对，得弄点儿特吓人的东西。”夏恩表示赞同。

“我还是觉得南瓜头挺吓人的，”我坚持说，“尤其等里面点上了蜡烛，把它黑洞洞的大嘴巴照亮，那笑容实在够瘆人的！”

“南瓜头太幼稚了，”瓦克不同意，“现在没人害怕南瓜头啦！赛娜说得对，要想吓住塔碧和李，我们必须得弄点儿新花样出来。”

那时距万圣节还有一个星期，我们四个正在我家里紧张谋划，筹备万圣节晚会。

没错，去年的万圣节晚会是在我家里举行的。

我为什么决心在自己家开晚会？原因只有一个——

复仇。

我一定要报复塔碧和李。

瓦克、夏恩、赛娜和我一整年都没闲着，一直在构思各种各样吓人的方案，越可怕越好。

但找人装扮成强盗入屋打劫这等招数我们是不屑的，这样的玩笑太阴损了。

不但太缺德，而且实在也是太吓人了。

我有几个朋友现在还经常被滑雪面罩和大猩猩面具从睡梦中惊醒呢。

我们四个并不想把全部的客人都吓坏，我们只是想捉弄一下塔碧和李，让他们也来一次心惊肉跳。

此时距万圣节只剩一周，我们四人聚在我家的客厅里，晚饭已经吃过，本来正是做作业的时间，但万圣节已经迫在眉睫。

我们没时间做作业了，全部时间都得用来想吓人的点子。

夏恩和赛娜出了不少真正吓人的主意。这俩人外表看起来天真可爱，一旦你真正了解了他们，就会发现他们并不是省油的灯。

瓦克和我的想法是吓人的手段应该尽量简单，越简单才会越有效，这是我们的观点。

我建议从楼梯上向塔碧和李身上扔人造蜘蛛网。有一家商店卖的蜘蛛网又黏又痒，够他们受的。

瓦克养了一只蜘蛛，平时放在一个玻璃罐里，他提议我们或许可以把蜘蛛先放到人造蜘蛛网上，然后再扔到塔碧的头上去。

这主意听起来不错。

瓦克还想在客厅的地板上打一个洞，做成暗门，这样等塔碧和李走到上面，我们一按开关，他俩转眼就消失到地下室了。

想想都叫人喜欢，但我不得不放弃这个主意。我可吃不准爸爸、妈妈发现我们锯地板时会有什么反应。

再说，我只是想吓唬吓唬这两个讨厌鬼，可不想让他们摔断脖子。

“那几摊假血打算放哪儿啊？”夏恩问道，一手拎着一片塑胶制成的红色“人血”。

他们兄妹从万圣节服装店买了十几片人造血，形状各不相同，看起来跟真的一样。

“不要忘了，还有绿色的橡皮胶呢！”赛娜提醒道。她身边放着三袋子粘胶。

瓦克和我打开一袋，摸了摸里面黏糊糊、滑腻腻的粘胶。“你们打哪儿买的这东西？”我问，“是同一家店吗？”

“不是，产地是赛娜的鼻孔！”夏恩开玩笑地说。

赛娜气得大叫一声，提起一个袋子，就势向哥哥的脸上砸去。

夏恩笑着从沙发上躲开。

“喂！小心着点儿！”我叫道，“万一袋子裂开了……”

“也许我们可以想法子把胶悬在天花板上。”瓦克又来了主意。

“哇！太妙啦！”夏恩兴奋地大叫，“让粘胶一直落到塔碧和李头上！”

“不如干脆就用粘胶把他们给包起来算啦！”瓦克又兴奋地加了一句，“把他们弄成两个绿色大粘球！”

“哦，哦，哦！”赛娜乱挥着胳膊，假装自己已经被一大摊粘胶裹住了。

“这东西能粘在天花板上吗？”我问，“怎么才能让它开始的时候不落下来？还有，怎么才能让塔碧和李正好站在粘胶下面呢？”

几个人里面，最讲求实际的是我。他们的古怪主意不少，但从来不用心去想怎么才能让它们奏效。这还得看我的。

“我不太确定，”瓦克回答说，他从椅子上跳起来，“我去找点东西喝。”

“如果把粘胶放进南瓜头，让它们慢慢从洞里流出来怎么样？”夏恩又有了新的建议，“应该够可怕的，对

吧?”

“弄些假血从南瓜头里流出来，那不是更吓人吗?”赛娜说。

“必须得想办法让塔碧和李上套儿。”夏恩深思熟虑地说道，“粘胶啊、人血啊、蜘蛛网啊，都不错，但我们必须得让他们相信真有危险才成。得想办法让他们以为，真的有什么可怕的事情就要发生!”

我刚要表示同意，灯突然熄了。

“噢!”我吃惊地叫了一声，眨眨眼睛，以适应突如其来的黑暗，“怎么回事?”

夏恩和赛娜没有回答。

窗帘是拉上的，把光线完全挡在了外面，屋中漆黑一片。他们俩就坐在我对面，我却什么都看不到!

这时，我听到了一个低低的、干涩的声音，就在我旁边，几乎是紧贴着我的耳朵：

“随我来吧，

“随我来，

“回到你的家

“你的家，你的坟墓。”

7 脊背发凉

我的眼睛瞪着黑暗，那低沉的声音让我脊背发凉。

“随我来吧，塔碧，

“随我来吧，李，

“回到你的家，你的坟墓。

“我为你们而来，要带你们回去，

“来吧，塔碧；来吧，李，

“我们一起回家，回到坟墓。”

“太棒啦！”我叫道。

灯一闪又亮了起来。对面夏恩和赛娜大力鼓掌欢呼。

“瓦克，你干得不错！”我转身表扬他。

他把小录音机放到咖啡桌上，开始倒带子。“我猜这一招准会把他们吓蒙。”他说。

“至少把我吓坏了！”我说，“而且我还算知情呢！”

“灯熄之后，大家一听到这个声音，准会吓得够戗，”赛娜兴奋地说，“要是把录音机放到沙发下边，效果就更好啦!”

“那些话是谁录的?”夏恩问瓦克，“是你吗?”

瓦克点点头。

“干得真漂亮!”夏恩说罢转身对我说，“不过，珠儿，我还是觉得你应该让我和赛娜的点子也派上用场，在塔碧和李身上试试效果。”

“你们那几招先暂且保留，到最关键的时候再用。”我说。

我弯腰打开一袋粘胶，把手插进去用力揪出一大块，在手上的感觉又凉又黏，很恶心。

我把粘胶在手上团来团去，最后弄成一个球形。

“你们觉得能在天花板上粘住吗?”我问，“要是让它们从墙壁上流下来，那效果也不错。我觉得……”

“别，我有个更好的点子，”瓦克打断我说，“等到灯一黑，然后声音响起，等到那可怕的声音说到他们的名字，说到‘随我来吧，塔碧；随我来吧，李’这时我们谁偷偷走到他们身后，在他们头上各丢一大团粘胶，你们觉得怎么样?”

“天才!”夏恩赞叹道。我们全都欢呼雀跃。

好主意已经不少，但我们还需要更多。我可不想有一点疏忽，千万别没吓到塔碧和李，反倒让他们觉得挺可笑的。

我要让他们真正地害怕，非常害怕。

于是我们又再接再厉，想出了更多可怕的主意。

我们忙了整整一星期，每天从放学开始直到深夜。设陷阱、藏道具，客厅里满是我们布下的机关。我们雕的南瓜头丑陋程度史无前例，里面装满了非常逼真的塑料蟑螂。

我们制作了一个八尺高的纸板妖怪，藏在衣帽间，只要一拉绳子，它就会随时扑倒。

我们还买了一大堆橡胶蛇、虫子和蜘蛛，把房间的所有角落藏了个遍。

我们废寝忘食，在学校的时候总是心不在焉，脑子里想的全是怎么更好地吓唬两位贵客。

最后，万圣节终于到了。

我们四人在我家聚齐，我们都充满了期待，紧张得坐立不安，就像热锅上的蚂蚁，不言不语地在屋子里猛绕圈子，里里外外反反复复，把所有的陷阱、机关检查了一遍。

我一辈子，还从来没有对什么事这么用心过，从来没有！

我花了太多太多的心思筹备晚会，或者说准备复仇，结果把万圣节服装忘到了脑后，最后一刻才想起来还没有准备。

没办法，只好继续打扮成克林贡。

瓦克今年成了海盗，戴着一只眼罩，身上是条纹衬衫，肩膀上还有一只鹦鹉。

夏恩和赛娜的身上满是斑点，说实话我看不出他们想装扮的是什么。

不过，我们对化装都不太在意，我们想的只是吓唬塔碧和李。

就这样，我们在客厅里焦急地徘徊、等待。晚会开始还有一小时，就在这时，电话响了。

我们接到了一个让所有人莫名惊恐的电话。

8 棋差一招

电话响起时我正站在旁边。那突兀的铃声让我一个激灵，差点蹿起八丈高。我是太紧张了吗？那还用说！

第一声铃音未停，我已抓起了听筒：“喂？”

传来的是熟悉的声音：“嗨！珠儿你好，我是塔碧。”

“塔碧！”我叫道，心想她肯定是打电话确定晚会开始的时间。“晚会八点钟开始，”我说，“但如果你和李……”

“我打电话就是为这事儿，”塔碧打断我说，“李和我今晚来不了啦。”

“什么？”

听筒从我手里滑落，掉到地上。我急忙弯腰去捡听筒，脚下一个踉跄，差点撞翻了桌子。

“什么？你说什么？”我大声问。

“李和我今晚不能来啦!”塔碧又把这无情的消息重复了一遍，“李的表哥今天玩《不给糖就捣乱》，可以一直玩到半夜，要跑遍四条街，他表哥说我们准可以捞到大把大把的糖果。”

“可是，塔碧……”我还想再说点什么。

“真抱歉，回头见，拜拜!”她说罢挂了电话。

我无望地发出一声呻吟，扑通跪倒在地。

“怎么啦?”瓦克问。

“他们……他们……他们……”我说不下去了。

三个朋友围在我周围，瓦克想把我拉起来，但我头晕目眩，不想从地上起来。

“他们不来啦！不来了……”我终于把话说出来了。

“天哪……”瓦克轻声说。夏恩和赛娜神情凝重地摇摇头，但什么都没说。

突如其来的打击让我们全都呆若木鸡，说不出话。想想看，那么久的筹备，那么多的汗水！一整年，一整年的心血呀!

千万不能哭，我告诉自己。我感觉到眼泪已经在眼圈里打转，但一定要忍住。

我颤抖地爬起身，目光落在沙发上——

“那是什么东西呀?”我发出一声尖叫。

大家齐转头，顺我的目光看去。沙发的棕色皮垫子上，赫然出现了一个丑陋的大窟窿！

“哦，不！”赛娜猛叫一声，“我刚才在玩一块粘胶，肯定是我从沙发上下来的时候把粘胶掉到垫子上了，腐蚀出了一个大洞！”

“快！赶快盖起来，趁我爸爸妈妈还没……”我说着就要行动。

结果当然是爸爸妈妈就在这时候出现了。他们漫步走进客厅。“怎么样，晚会全准备好了吗？”爸爸问。

我双手合十，祈祷他们可千万别瞧见沙发上的窟窿。

“我的天哪！沙发这是怎么啦?!”妈妈的尖叫声响起。

好长好长时间以后，爸爸妈妈才不再提沙发的事。

而我，要忘记这失败的晚会，还需要更长更长的时间。

这就是去年的万圣节。两次了，连续两个被毁掉的万圣节！

现在，又是一年过去了。

又一个万圣节到了。今年，我们有双倍的理由报复塔碧和李。

只要我们能想出一条妙计……

9 囚禁

“今年我是外星公主!”塔碧说。

她的头发又高高地盘了起来，头上还戴着同一个水晶石皇冠，身上穿的也是同一件长裙子。

她的装扮和两年前一模一样，但为了增添一点外太空的效果，她把脸涂成了鲜绿色。

她就是非当公主不可！我愤愤地想，绿脸也好白脸也罢，总之还是个公主。

李穿着斗篷和紧身衣，他说自己是超人，还说这身行头是他弟弟的，他没时间给自己单弄一套。但具体为什么没时间我没听清楚，因为他嘴里还嚼着一大块泡泡糖。

瓦克和我装扮成了鬼魂。我们把床单剪出两个孔，再剪两个大窟窿把胳膊伸出来，就齐了。

我的床单下摆一路拖在草地上。当初剪得再短点就好

了，不过已经来不及了，我们已经上路，去玩《不给糖就捣乱》的万圣节游戏。

“夏恩和赛娜去哪儿了?”李问。

“我估计咱们很快就能赶上他们,”我说着把糖果篮在面前一举，“赶快出发吧!”

半个惨白的月亮低低挂在房顶。我们四人头上的夜空晴朗而寒冷，草叶上蒙着一层淡淡的银霜。

在我家车道的尽头处，我们停了下来。一辆商务车从身边驶过，透过车后窗，我看到有两只巨犬。女司机经过我们时放慢了车速，盯着我们看了几眼。

“我们从什么地方开始?”塔碧问。

李的嘴巴嘟囔了几下，我没听清。

“我想玩一整夜!”瓦克说，“这可能是我们最后一次玩《不给糖就捣乱》啦!”

“为什么？你是什么意思?”塔碧把一张绿脸看着他问道。

“明年我们就十三岁，算青少年啦，再玩《不给糖就捣乱》有点太老了!”瓦克解释道。

这事想起来就挺叫人心烦。

我想深吸一口清凉的空气，振奋一下精神，可是床单上忘记留出嘴巴或鼻子呼吸的洞了。还没走出我家前院，就已经开始感觉热了。

“我们从威洛斯街开始吧!”我提议道。

威洛斯街上都是些小房子，和这里隔着两个街区，走过一片小树林就到了。

“为什么从那里开始呢?”塔碧一手抚弄着皇冠问道。

“因为那里房子间隔很近，”我说，“我们不用走太多的路就能弄到很多糖果，没有那么多、那么长的私家车道。”

“听起来不错。”李表示同意。

我们沿着路边向前走去。路对面，我看到两个妖怪和一个骷髅，正穿过一家的前院。都是小屁孩，屁股后头还有大人远远地跟着。

风吹动着我身上的床单，霜打的落叶在脚下发出碎裂的响声。走过光秃、黑暗的树林时，天空显得更暗淡了。

几分钟后，我们就来到了威洛斯街，附近都笼罩在街灯温暖的黄光之中。许多人家都亮着橘色或绿色的彩灯，有的房子还装饰着女巫和妖怪的剪纸，蜡烛光在南瓜头里忽明忽暗。

我们四个开始逐家逐户地敲门，大叫“不给糖就捣乱”，然后就收获了各色糖果，非常丰富。

人们看到塔碧的装扮都会发出几声哦哦哇哇的赞叹。她是我们当中唯一打扮得像点样子的，所以显得鹤立鸡群，我心里想着。

一路上碰到了许多孩子，也都是一身万圣节的装扮。他们大多看起来比我们小。一个孩子装扮成一盒牛奶，甚至连营养成分表都有。

走遍街两边的房子大约花了我们半小时的时间。威洛斯街的尽头向前是不通的，有点像个死胡同。

“接下来该去哪儿啦?”塔碧问。

“嘿，等等，还有一家哪!”瓦克说着用手指指街道尽头处藏在一片树林后的一栋小砖房。

“刚才我没瞧见它哦！可能我只顾着看紧靠街边的房子了。”我说。

“灯亮着，窗户里边还摆着个南瓜灯呢!”瓦克说，“咱们瞧瞧去。”

我们走过前院，按响了门铃。门应声而开，有人探头出来，是个满头银发的小老太太。她透过厚厚的镜片眯眼打量着我们。

“不给糖就捣乱!”我们一齐喊。

“哦，我的天哪!”她喊道，两只满是皱纹的手紧捂住双颊，“多么奇妙的装扮哪!”

什么？我不敢相信自己的耳朵。奇妙的装扮？两条床单和一身借来的而且还是去年的超人装，竟然还有人说奇妙!

老太太转头向房内喊道：“佛雷斯特，过来瞧瞧，你一定得看看他们的装扮!”

我听到从屋内很远的地方传来几声咳嗽。

“请进，快请进!”老太太很恳切地邀请我们，“我想让我的丈夫也见见你们。”她说着退开一步，给我们让路。

但我们都有些犹豫。

“进来吧!”老太太很坚持，“佛雷斯特一定得看看你们的服装，但他行动不便。来吧!”

塔碧带头走进了屋子。客厅非常狭小，光线昏暗。一面墙角有个砖砌的小小壁炉，里面生着火。屋内的感觉，简直就像个鼓风炉，说室温在五百度以上我都相信。

老太太在我们身后关上房门。“佛雷斯特！佛雷斯特!”她边喊边转身，微笑着对我们说，“佛雷斯特在后屋呢，跟我来。”

她打开门请我们进去。后屋的空间竟然异常广大，让我吃了一惊。

里面挤满了穿着万圣节服装的孩子。

“哇——哦——”我忍不住惊叫了一声，眼睛快速把整个屋子扫视了一遍。

有一些孩子已经把面具摘下来了。有一些在哭鼻子，有一些在生闷气，还有几个跌坐在地板上，一脸的怒色。

“怎么回事?”塔碧尖声问，她的眼睛因恐惧瞪得溜圆。

“他们为什么会在这儿?”李问道，费力地咽了咽唾沫。

一个脸色红润满头白发的小老头，拄着根白色拐杖，从屋子的角落里一瘸一拐地向我们走过来。“我很欣赏你们的服装。”说完咧嘴对我们一笑。

“我们……我们必须得走了。”塔碧结结巴巴地说。

我们都转身想向外走，但老太太已经把门关住了。

我回头又看了看屋中的那些孩子。他们至少有二十几个，都是一脸的惊恐和痛苦。

“我们必须得走了!”塔碧又尖声重复了一遍。

“是的，让我们走吧!”李说。

小老头脸上露出笑容，老太太站到他身后，说：“你们必须留在这里，我们喜欢看你们的服装。”

“你们不能走，”小老头用拐杖撑住身子说，“我们非看你们的服装不可。”

“什么？你们是什么意思？你们要把我们留多久?”塔碧已经哭出来了。

“永远!”两个老家伙异口同声。

10 白日梦

以上只是我的白日梦。

我正站在自家房前的街上，等待我的几个朋友，脑子里却做起了白日梦，想象着有一对古怪的老夫妇，他们专骗玩《不给糖就捣乱》的孩子。他们把塔碧和李囚禁起来，要关他们一辈子。

当然，在我的想象中，瓦克和我最终化险为夷，从一扇侧门溜走了。

但塔碧和李被逮住了，没能逃出来，并就此从人间蒸发了。

是个不错的白日梦，对吧，哈!

瓦克、夏恩和赛娜赶到的时候，我还在继续做梦呢。我们急匆匆进屋，上楼到了我的房间。

“珠儿，刚才你为什么笑得那么开心?”赛娜问道，一

屁股坐在我的床边。

“我刚做了一个很有趣的白日梦，”我说，“与塔碧和李有关。”

“和这两个坏蛋有关？那怎么可能有趣？”瓦克问道。他从地板上捡起一只网球，投向夏恩，两人开始在房间里你来我往地扔球玩。

“非常有趣，”我从床上坐起身，伸了个懒腰，“尤其是结局部分。”

我把整个白日梦讲了一遍，从他们脸上的笑容可以看出，大家听得都挺开心。

但赛娜马上就来批评我：“珠儿，我们可没时间做白日梦，万圣节马上就到了，我们得有一个真正行得通的方案。”

瓦克一下子把球扔得太高，击中了我的台灯，把它从梳妆台上打了下来。

夏恩急冲过去，抢在台灯落地前的一瞬，伸手把它接住了。

“漂亮!”瓦克叫道，“本月最佳接球!”他和夏恩兴奋地互击一掌，不过他用力过猛，打得夏恩手里的灯差点儿又落到地上。

“喂!”我对瓦克不满地叫了一声，用手一指椅子，“坐下，我们有正事要商量!”

“她说得对！”赛娜来支援我，“今年我们一定要把塔碧和李吓得魂飞魄散，过去两年的仇一定要报，一定要！”

“那我们要怎么做呢？”瓦克说着把瘦长的身体歪倒在椅子里，“找片树林躲起来，一见他们就哇一声大叫？”

这是什么态度嘛！

“我想到了一些方法，”我说，“可以把晚会搞得非常非常恐怖……”

“不要搞晚会了！”赛娜打断了我。

“对，晚会就算了吧！”她的双胞胎哥哥赞同道，“我们去年忙得什么似的，结果塔碧和李根本没来！”

“哼——”想起去年我就忍不住要咆哮。

“可是，如果不在晚会上吓他们，那还能在什么地方呢？”瓦克问道，手指头有节奏地在桌面上敲打着。

“夏恩和我有几个超一流的主意。”赛娜说。

“没错，我觉得今年你们该好好听听我和赛娜的意见！”夏恩插话进来，“我们有一个非常好的计划，可以让他们心惊胆战一整年，我保证！”

瓦克把椅子向我们靠了靠，夏恩坐在他旁边的地板上，我和赛娜紧靠在一起，坐在床上。

接着，赛娜用耳语般的声音，对我和瓦克讲述了一遍他们的计划，一个确实非常可怕的计划。

仅是听赛娜讲，就够让人心惊胆战了。

“就这么简单，”赛娜结束道，“做起来也很容易，而且绝对会成功。”

“我们会让塔碧和李过一个终生难忘的万圣节!”夏恩豪情万丈。

“不过这主意可够缺德的。”瓦克小声说。

我看看这一对双胞胎，他们脸蛋粉嫩，胖乎乎的身材，怎么说都是天真无邪、非常可亲可爱的那种。但他们想出来的吓唬塔碧和李的办法，绝对叫人毛骨悚然。

“这主意是很坏，”我表示同意，“而且非常残忍、低级、吓人。不过，我喜欢。”说完我笑了起来。

大家都跟着笑了起来。

“这么说你们都同意了?”夏恩问，“那我们就这么定了?”

我们庄重地握了握手，表示计议已定。

“太棒了!”赛娜说，“那么珠儿，你只要负责请他们和你一起去玩《不给糖就捣乱》，其他就交给夏恩和我啦!”

“没问题!”我说，脸上仍忍不住笑，“绝对没问题!”

我们欢呼庆贺。今年，该我们出头了。我们知道，这个万圣节是属于我们的。

赛娜张嘴还要说点什么，这时我妈妈探头进来。

“你们四个家伙在策划什么阴谋诡计，这么费心思?”

妈妈问。

“噢……没什么呀！”瓦克赶紧说道。

“只是为万圣节作点准备而已，妈妈。”我答道。

妈妈咬着下唇，脸上的表情严肃起来。“珠儿，我得告诉你，”她边摇头边说，“今年万圣节恐怕我不能让你出去玩《不给糖就捣乱》。”

11 失踪

妈妈……你一定得让我出去，非去不可！否则我们的复仇计划就全泡汤啦！

这些话几乎冲口而出，但我最终还是忍住了。

我把要说的话吞了回去，紧盯着她的脸看，想瞧瞧她是不是认真的。

她很认真。

“妈妈……为什么呀？”我叫道，“我做了什么错事，你要把我关起来？”

“珠儿，不是要把你关起来，”妈妈笑了，“我只是觉得今年出去玩《不给糖就捣乱》可能不是个好主意。你没看新闻吗，关于最近发生的失踪案？”

“什么？失踪？”

我一下想起了自己的白日梦，那两个把孩子关在后屋中的老人。

“你是说失踪了很多小孩子?”我问。

妈妈摇摇头：“不，不是小孩，是大人。报道说昨天又失踪了一个，已经是第四个了。在这里，你看看。”

妈妈的胳膊底下夹着一卷报纸。她把报纸打开，翻到头版，举起来让我们每个人都能看到。

粗大的黑体标题隔着一间屋都能看得清清楚楚：

本地发生悬案，已有四人失踪!

我从床上爬起来，走到妈妈身边。夏恩和赛娜交换了一个不安的眼神，瓦克的表情也变得凝重起来，手指头在桌面上越敲越急。

我把报纸从妈妈手上拿过来，看四个失踪者的照片。四人中三个是男性，一个是女性。

“警察局呼吁居民最近一定要小心防范。”妈妈轻声说。

瓦克过来从我手里拿过报纸，看了一会儿照片，突然大叫道：“嘿——失踪的都是胖子!”

我们刷一下围上来，一起看那几张黑白照片。瓦克说得没错。四个失踪者全部属于超重型。第一张照片上的男人，有点秃顶，穿着一件肚皮鼓起来的套领毛衣，下巴上的赘肉少说也有六层!

“真怪!”我低声说。

夏恩和赛娜罕见地默不作声，我猜他们是给吓着了。

“为什么会有四个胖子突然从人间蒸发呢?”瓦克自语道。

妈妈叹了口气说：“这也是警察想解开的谜。”

“可是，妈妈，如果失踪的只是成年人，那我为什么不可以出去玩《不给糖就捣乱》呢?”

“就是，就让珠儿出去吧!”赛娜给我求情，“这是我们最后一次玩《不给糖就捣乱》啦!”

“不行，我不同意。”妈妈说着又咬住了下唇。

“但我们会非常非常非常小心的!”我说。

“不行，”妈妈重复道，“真的不行。”

我们的万圣节，又彻底给毁了。

12 转机

可是事情有了转机，爸爸觉得让我们去玩《不给糖就捣乱》应该没什么问题。

那是在两天以后，此前爸爸和妈妈一直为这事拿不定主意。

“你可以出去，但必须是大家在一起，”爸爸说，“就在我们这条街上，而且别离群单独活动，听到了吧，小精灵?”

“谢谢爸爸!”我欢呼起来。我太高兴了，都忘了纠正他不要叫我小精灵，不但如此，我还给了他一个拥抱，让他有点小小的意外。

“你确定要这么做吗?”妈妈问。

“爸爸当然很确定啦!”我叫道。

我可不能给他们改变主意的机会，不等话说完，我已

经站起身来，要去给瓦克打电话，告诉他我们的计划起死回生啦!

“到时街上会有上千个孩子玩《不给糖就捣乱》，”爸爸说，“而且，珠儿和她的朋友们都够聪明的，不会有问题。”

“谢谢你，爸爸!”我又欢呼了一声。

妈妈还想继续争辩，但不等她说出一个字，我已经冲出饭厅，跑回楼上自己的房间。

我打电话给瓦克告诉他这个好消息。他说他会通知夏恩和赛娜，并开始作准备工作。

一切都安排好了，只剩下一个小问题还待落实。

我必须要说服塔碧和李，当晚和我们一起去玩《不给糖就捣乱》。

我深吸一口气，拨通了塔碧家的电话。她妈妈说她在李家，帮助李准备万圣节的服装。

于是我急忙向李家赶去。那是一个灰蒙蒙的星期六下午，上午一直在下雨，此刻天上仍堆着雨云。

家家房前的草坪都被雨水打湿，水光闪烁，我从人行道上的一个个大水坑上蹦跳而过。我穿着一件厚重的灰色运动衣，但空气又湿又冷，再多穿一件外套就好了。

最后一个街区我一路小跑过去，也是为了让身上暖和暖和。到门前时我先停下喘口气，然后按响了门铃。

片刻后，李出来开门。

“哇!”我一见他身上的衣服，一下喊了出来。他头上颤巍巍地插着触角，上身穿着一件毛茸茸的黄色马甲，里面还套了件黄黑条纹的女式泳衣。

“你……你是只蜜蜂?!”我结结巴巴地说。

他点点头：“塔碧和我还没完工呢，今天上午我们刚买到黑色的紧身裤。”

“太酷了!”我说。他的装扮可真是够傻的。

但我干吗要告诉他呢!

我们走进书房，塔碧跟我打招呼。她刚打开紧身裤的包装，把它取出，两只手用力拉扯试验一下弹性。

“珠儿，你减肥了吗?”她问。

“什么？没有呀!”

“哦！那么说你是故意要穿这么松松垮垮的衣服啦!”

她可真是坏透了。

她说完转过脸去，但我还是看到了她得意的笑容。她总以为自己很幽默!

“这就是你的万圣节服装吗?”她又问。

我决定不和她计较。“不是。我想我会装扮成超人的样子，”我说，“弄身斗篷和紧身衣之类的。你呢？你是什么装扮?”

“芭蕾女王，”她说着把紧身裤递给李，“蜜蜂腿给

你。你有没有重磅纸?”

“干什么用?”李问。

“得弄一根蜂针呀，粘在你的屁股后头。”

“门儿都没有!”李不同意，“蜂针就不装了，不需要! 弄不好，一屁股坐下去，只会把自己给蜇了。”

我听着他们争辩了几分钟，这可不干我什么事。

最终李的意见占了上风。蜂针取消了。

塔碧撅了一阵嘴巴，朝着李扮了几个鬼脸。她很不喜欢别人反对自己的意见，可李比她还倔犟。

“喂，我说，瓦克和我还有夏恩和赛娜，今年一起去玩《不给糖就捣乱》,”我深吸了一口气，终于把最关键的问题说了出来，“你们要不要一起来?”

“好啊，没问题!”李答道。

“好的。”塔碧也同意了。

大功告成! 陷阱已经布好，万事俱备。

塔碧和李即将度过一生中最恐怖的一个万圣节之夜。

非常不幸的是，这也将是我们度过的最恐怖的万圣节。

13 遇险

这一周过得极慢，我一小时一小时地盼着万圣节。

终于，那渴盼已久的夜晚来到了。我紧张兴奋过度，几乎都没法化装了。

我的行头不算精致。下身是天蓝色紧腿裤，外面又套了一条红色拳击短裤，上身是一件蓝色短衣。斗篷是用一块家里已经不用的红色桌布裁的，系在脖子上；脚上穿的是一对白色塑料靴，红纸板做的面具，只遮到眼睛上方。

“超人珠儿!”我看着镜子说。

我心里清楚，这身装扮够粗糙的，但是无所谓。化装并非今夜的重点。今天的重头戏是如何制造恐惧，把那两个人吓到半死的恐惧。

我从储物间抓起一个棕色的大购物袋，用来装糖果，然后飞快跑下楼梯，想避开爸爸妈妈直接冲出家门，否则

准还得听一大套在外面要如何如何小心的告诫。

但幸运的事并没有发生。

爸爸在楼梯底下把我拦住了。“哇！好漂亮的化装哦，小精灵！”他叫道，“你这是什么装扮啊?”

“请别叫我小精灵!”我嘟囔道。我想绕开他去前门，但他不肯让路。

“我来拍张照片!”他说。

“我都有点晚啦!”我说。按约定我七点半就该和瓦克在路口会面，现在差一刻就八点了。

“外面玩的时候多留神!”妈妈从书房里喊道。

爸爸进去取相机，我在楼梯下面等他，手指头敲打着楼梯扶手。

“别跟陌生人说话!”妈妈又喊。

真是好建议!

“好啦，就一张快照!”爸爸说着把相机举到眼前。“背对门站着。珠儿，你打扮得真是太棒了！你扮的是神力女超人，是吧?”

“就是普通的超人而已!”我嘟囔着说，“我真得走了，爸爸!”

他调整着相机，说：“来，笑一笑。”

我给他一个满嘴牙的笑。

他咔嗒一声按下快门。

“咦，先等等。闪光灯亮了吗？”他问，“可能闪光灯没打开。”他说着开始检查相机。

“爸爸——”我要受不了了。我想象着瓦克一人站在路口。瓦克最恨等人了。他肯定会非常着急。

像我一样着急。

“爸爸，朋友们等着我呢！”

“看到可疑的人，记着拔腿就跑！”妈妈在里边喊道。

“再来一次，小精灵，”爸爸又举起相机，“笑一笑。”

他按下快门，依然没有闪光。

“哟……”他又开始检查相机。

“爸爸，求你了……”我哀求道。

“哦，怪了！”他嘟囔着说，“你相信吗？竟然没装胶卷。”他摇摇脑袋，“我以为里面有胶卷呢。我上楼取胶卷，马上就下来。”

“爸爸——”我已经开始尖叫了。

门铃响了，我们都吓了一跳。

“可能是玩《不给糖就捣乱》的孩子。”爸爸说。

我冲过去打开门。门廊灯洒下一片黄光，我眯眼向外看去。一个全身黑衣的男孩站在外面。他穿着黑毛衣黑裤子，黑色的羊毛滑雪帽拉到眉毛上，戴着副黑手套，脸也涂成了漆黑一片。

“真是不错的扮相哟！”爸爸说，“珠儿，去给他拿块糖来。”

我呻吟了一声：“爸爸，他不是来要糖的，他是瓦克!”我打开防风门，让瓦克进来。

“不是说好了你来找我的吗?”瓦克说。

爸爸看着瓦克的一身黑衣，问：“你扮的是什么呀?”

“我是漆黑的暴雨之夜!”瓦克答道。

“哦?暴雨在哪儿呢?”我问。

“在这里!”瓦克说着举起一支黑色塑料水枪，对着我的脸就喷了一下。

爸爸爆笑起来，他觉得很有趣，高声喊妈妈出来瞧瞧瓦克。

“看来我们是永远也走不出这间屋了,”我低声对瓦克说，“我们肯定会错过塔碧和李的。”

今晚的一切都计划好了，非常周密，现在可好，又要搞砸了。

我觉得胃部在抽筋，越来越厉害，突然间脖子上的斗篷似乎勒得我要透不过气来。

爸爸妈妈欣赏着瓦克的装扮。“漆黑的雨夜！真是好创意!”妈妈说，“但是在黑暗处别人恐怕看不到你，过马路的时候你可得小心。”

妈妈今晚的忠告特别多。

我再也无法忍受。“我们必须得走了，再见!”我说着把瓦克推出门去，自己紧跟在他后面。

妈妈在屋子里又喊了几句，但我已经听不清了。我拉着瓦克走过车道，急匆匆向路口赶去。事先说好了，我们要在这里等待今晚行动的两个目标——塔碧和李。

“你应该等在路口，”我埋怨起瓦克，“也许塔碧和李已经来过又走了！”

“但你迟到太久了，”瓦克不服气，“我是以为你出了什么问题才去你家的。”

我的心紧张地跳动，胃抽得更紧了。“好吧，好吧，”我说，“咱们也别太紧张了。”

这是一个晴冷的夜晚，草坪涂了一层银色的霜。头顶，细细的一弯月亮挂在几颗闪亮的星星旁边。

街上大多数房子都亮着灯。街对面，两群小孩在玩《不给糖就捣乱》，他们都向着同一户人家走去，隔壁那家的狗汪汪地乱叫起来。

我抬眼看看路口，说好了我们要在那里等塔碧和李，但此刻那里空荡荡没有一个人影。

瓦克和我在路灯下站住。我调整了一下斗篷，它确实勒得我有些喘不过气。现在看来，应该把它裁得更短些，下摆已经在地上打湿了。

“怎么还不见他们？”我问。

“你知道他们总是要迟到。”瓦克说。

他说得没错。塔碧和李喜欢让别人等他们。

“他们随时都会到。”瓦克说。

街角的草坪边上是一行高高的树篱。瓦克来来回回地从树篱走到路边，又从路边走到树篱。他一身黑衣，走进树篱的阴影里，简直就看不见了。

“你能不能停……”我想阻止他。

但话没说完，又咽了回去。我听到一声咳嗽，在树篱的另一侧。

一声低沉、沙哑的咳嗽。

那不是人类的声音，更像是野兽的咆哮。

我转过头看瓦克，他也听到了。他停下脚步，看着树篱。

一阵沙沙声响起，树篱似乎在晃动。

“谁——在那儿?”我壮着胆子问道。

树篱又摇晃了起来，沙沙作响。

“喂——到底是谁?”瓦克叫道。

树篱不动了，一片寂静。紧接着，开始更为猛烈地晃动。

“这是开什么玩笑?”瓦克的声音开始打战。

又是一声野兽的低吼。

“不——”我发出一声惊叫。两只丑陋的野兽咆哮着从树篱后面冲了出来。我什么都没看清，只觉得眼前晃动着肮脏的毛发，然后是张开的血盆大口和滴着唾液的獠牙。

我还没来得及有任何动作，一只野兽已经咆哮着把我猛地扑倒在草地上，一口咬住了我的肩膀。

14 野兽

我发出一声痛苦的尖叫。

我挣扎着想站起来，却被野兽死死地压在地上动弹不得。

“滚开！滚开！”我挣扎扭动，想要逃开。野兽拉扯着我的斗篷，要用它把我盖起来。

“嘿！”我听到瓦克发出怒叫，但看不到他那边的情况。

不知哪儿来了一股神力，我挥出一手，打在野兽那淌着口水的脸上。

让我吃惊的是，野兽的整个脸孔被我毫不费力地抓了下来。

是一个面具，我手里抓着一个橡胶面具。

我抬起眼睛，面前是一张笑嘻嘻的人脸。

过了片刻我才认出是谁。托德·杰夫里，两年前在李的晚会上把我们吓得半死的那个高中生。

“是托德!”我嘟囔道，狂乱地把斗篷从脸上拉开。

“啊，你中招了，吓得不轻吧!”他压低声音说着，放开我站了起来。

“你这个变态!”我愤怒地叫道，把胶皮面具向他脸上摔去。

他一手接住，笑道：“怎么，珠儿，开个玩笑都不成吗?”

“什么？玩笑？有这样的玩笑吗?”我尖叫起来。

我爬起来，怒冲冲地整理自己的衣服，斗篷已经一团糟，沾满了潮湿的黄叶子。

刚才和瓦克搏斗的家伙此刻也把面具摘了下来，当然，不是别人，正是托德那个变态的朋友乔伊。

“希望没把你们吓坏。”他取笑道。说完他和托德一齐发出了土狼般的狂笑，两人击掌庆贺，几乎笑成了一团。

没等我想好怎么骂他们，又听到了更多的笑声。真想不到，塔碧和李竟然也从树篱后走了出来，他们四个一齐嘻嘻哈哈笑成一团。

“嗯——”我嗓子里又发出愤怒的咆哮。此时此刻，我真心地希望自己是个超人，能一拳把他们的笑脸揍个稀烂。

或者展开斗篷飞走——远远地飞走，再也不用见到他

们中的任何一个。

“珠儿，万圣节快乐!”塔碧得意地说。

“万圣节快乐!”塔碧又和李同声喊了一遍，脸上带着同样恶心的笑容。

“你和李在树后多久了?”我生气地问。

“够久了。”李笑嘻嘻地说，然后又和塔碧一同眉飞色舞地大笑起来。

“我们从一开始就藏在树后!”塔碧得意地说，“我真是爱死万圣节了，你们也是，对吧?”

我低低吼了一声，但什么也没说。

冷静，珠儿，一定要冷静！我告诫自己。塔碧和李还有他们的两个高中同党不过是跟你开了一个不大不小的玩笑。

但笑到最后的不会是他们。

今夜过后，我告诉自己，笑的人将是瓦克和我。

等夏恩和赛娜一到，我们就将展开行动，让他们知道什么是真正的恐怖。

托德和乔伊又把他们的野兽面具戴了上去。他们仰头发出狼一般的嗥叫。托德的面具确实够恶心的，又长又尖的獠牙上还挂着胶皮做的口水。

“他们不会和我们一起去玩《不给糖就捣乱》吧？是吧?”我问塔碧。

塔碧摇摇头，然后用手正了正金发上的皇冠。

“才不跟你们去呢!”托德在面具后说，“乔伊和我年龄太大了，再说谁会愿意和你们这样爱哭鼻子的小屁孩儿在一起混呢!”

“那你们为什么还要戴怪兽面具?”瓦克问。

“就是为了吓爱哭的小孩!”乔伊说完，又和托德一齐大笑起来。那是多么刺耳又残忍的笑声!

乔伊把我的面具向下拉，一直盖住下巴；托德拿手背去蹭瓦克的脸，把他脸上的黑色油彩弄得一团糟。

真是两个大变态!

他们终于走了，我很高兴，看着他们走远并确定不会改变主意再回来。

“真是两个不错的朋友。”李说着把黄黑相间的糖果袋放到地上，用手扶正头上的蜜蜂触角。

街对面传来孩子的笑声，我转头看到四个小孩子，都打扮成妖精鬼怪，沿着车道向一栋房子跑去。

“咱们走吧，”塔碧说，“有点儿冷了。”

“夏恩和赛娜不是要和我们一起玩的吗?”李问道。

“没错。他们应该会赶上我们的。”我说。

我们穿过街，朝第一栋房子走去。那是一栋灯光明亮的、高高的砖房，窗子上贴着一个南瓜剪纸，对我们咧开嘴笑。

走上沙石车道，我看了看表，结果大吃一惊。

马上就八点十五分了!

说好了夏恩和赛娜八点钟在路口同我们会合。

他们在哪里呢?

他们从不迟到，从来没有过。

我咽了咽口水。

难道这个万圣节也要搞砸了吗?

难道是出了什么岔子?

15 好戏开场

我们登上门前的台阶，向玻璃防风门里面张望，一只橘黄色的大猫，瞪着闪亮的蓝眼睛，从门里盯着我们。

我按了按门铃。

很快，一位年纪不大，身穿牛仔裤和黄色套领毛衣的女人，笑脸盈盈地来到门口。她拿着一篮斯尼克巧克力和奶糖。

“你们打扮得都很棒!”她说着在每个人的袋子里放了一块糖。

“珠儿，你的袋子!”塔碧厉声提醒我。

“哦，对不起。”我举起口袋让那女人把糖放进去。我一直在担心着夏恩和赛娜。那只猫眯起亮晶晶的蓝眼睛，盯着我看。

“你是位公主吗?”那女士问塔碧。

"不，我是芭蕾女王。"塔碧说。

"那你是一个大煤块吗?"她又问瓦克。

"差不多吧。"瓦克喃喃地说。他没有提起黑色雨夜的那一套话。我猜他也在担心夏恩和赛娜。

"祝你们玩得开心。"女人说着关上了防风门。

我们四人跳下台阶，穿过霜打的草坪，向下一户人家的院子走去。我回过头，那只猫仍在盯着我们。

下一户没有开灯，我们穿过草坪继续向下一栋房子前进。这家门前的台阶上已经站了一群孩子，喊着："不给糖就捣乱！不给糖就捣乱!"

"他们俩到哪儿去了?"我低声问瓦克。

他耸耸肩。

"如果他们再不来……"我没把话说完，塔碧在看着我。

我们等那些孩子走后，也上了台阶。两个很小的孩子，大约三四岁的样子，站在门口，给来要糖的孩子每人发一小袋玉米糖。

李的打扮把他们逗笑了。他们想用手摸摸李头上的触角。小男孩问李他怎么没有蜂针。

"我的蜂针叮在一个人身上了。"李告诉他。

他们又盯着瓦克那身全黑的行头研究了半天，我想他们可能觉得挺吓人的。"你是一个妖怪吗?"小女孩怯生

生地问瓦克。

“不，我是一个大煤块。”瓦克说道。小女孩听了认真地点点头。

我们匆匆离去，又走了三户人家，已经来到了这片住宅的尽头。我遇到了我曾临时代替他们父母照看过的两个孩子，他们打扮成了一对机器人。我停下来跟他们说了会儿话。

然后我跑步赶上其他几人，他们已经穿过街道，向街对面的人家讨糖果去了。

一阵强风吹过，斗篷随风飘动。我猛打一个激灵，又不安地看了看表。

他们去了哪里？夏恩和赛娜，他们去了哪里呢？

整个计划都得靠他们……

“哇！目前为止收获还不错嘛！”李叫道。他过街后打开了袋子，开始查看战利品。

“你们谁拿到了奇巧威化巧克力？”塔碧问，“我拿什么换都行。”

“有一个家伙给的是苹果！”李说着做了一个厌恶的表情。他伸手从袋子里掏出那个苹果，猛力朝院子对面扔去。

砰的一声，苹果砸中了一棵树干，反弹到旁边那家的车道上。

“给苹果算怎么回事?”李愤愤地说，“他们难道不知道我们只想要糖吗?”

“有些人就是小气!”塔碧说。她把自己袋中的苹果也拿出来，丢到草丛里，然后又用芭蕾舞鞋踢了一脚。

他们即将遭遇的恐惧真是活该，我想，这两个人都坏透了。

但夏恩和赛娜到底在哪儿呢?

我们继续一路讨要糖果，时间已经很晚，小一点儿的孩子已经很少碰到。

拐角处的路灯坏了，前面一大片地方显得非常幽暗。

李的一根触角总是歪倒下来，他得不停地把它扶正。

我们走近街角，一棵大树挡住了月光，这一来黑得更厉害了。

“噢——”我发出一声惊叫，只见两个人影从树后闪了出来。

我以为是托德和乔伊又回来了。但马上就看出不是他们。

一片昏暗中，只看出这两人是背对着我们，挡住了去路。他们穿着深色的长袍，一直垂到地上，在他们头上……

天哪，他们头上……

他们头上戴着的竟然是南瓜!圆圆的大南瓜，稳稳地摆在肩膀上。

“哇!”瓦克发出一声惊呼，向后退了一步，撞到我身上。

塔碧和李吃惊地张大了嘴巴。

但更可怕的还在后面。

两个人影慢慢向我们转过身，我们看到了南瓜脸的正面……

诡异、空洞的嘴巴，边缘参差不齐。

闪闪发光的三角形的眼睛。

竟然有火焰!

橘黄色的火苗在南瓜头里面摇曳、跳动。看着南瓜头狰狞、喷吐火焰的嘴巴，瓦克和我同时张大了嘴，发出一声尖叫。

16 南瓜头

我们的惊叫声在整条街上回荡。

南瓜头的眼中火光闪烁。

我转身望向塔碧和李。南瓜头发出的火光在他们的脸上跳动着。他们若无其事地站在原地，看着南瓜头。

塔碧转过头对我说："这就是你想出的花招吧？想看我们害怕吗？"

"我们知道是夏恩和赛娜。"李说着用力扯了扯一个穿着深色垂地长袍的南瓜头，"我说，夏恩，感觉怎么样啊？"

两个南瓜头一片沉默。

"你那火是怎么弄的？是蜡烛吗？"塔碧问，"你们怎么看路呢？"

南瓜头依旧无声地咧着嘴巴。一条火舌倏地从一个南瓜头的嘴里蹿出。

我打了一个寒战。他们的装扮妙得实在无法想象，我甚至能听到南瓜头里发出的嗞嗞燃烧声。他们身上的衣服是深绿色，就像南瓜藤一样。

塔碧和李怎么一点都不害怕，我想不明白。

我知道夏恩和赛娜肯定会打扮得很吓人，但绝对没料到他们会把头弄成燃烧的南瓜灯，真是绝妙!

可他们的装扮虽好，我还是觉得非常失望，因为塔碧和李就是半点也不害怕。

这个万圣节又完蛋了，和前两次一样，我想道。

我站到瓦克身边，他脸上涂的黑色油彩使我看不出他的表情。

“那火他们是怎么弄出来的呢?”他压低声音，“真是了不起!”

我点头同意。“但塔碧和李并不觉得可怕呀!”我悄声说。

“别着急呀，”瓦克说，“夏恩和赛娜只是才开始!”

斗篷缠住了我的腿，我把它从腿上松开，甩到背后。

两个南瓜头仍是一言不发。

塔碧拿起自己装糖的袋子，看着我说：“你真想让我和李害怕，就这点本事可不够。”说完鼻孔里轻蔑地哼了一声。

“我们可不像你们俩那样胆小如鼠!”李大言不惭地说。

火苗从南瓜头的眼中蹿出，他们盯着塔碧和李，两个大南瓜向后仰起。

设计真是巧妙，我由衷地赞叹。他们是怎样控制火焰的呢？是用某种遥控装置吗？

“喂，我说咱们就这么站着等着冻成冰棍，还是继续玩 《不给糖就捣乱》 呢?”塔碧说道。

“咱们到你家那一片住宅去要糖吧!”我向她建议。

塔碧刚要回答，但离她较近的一个南瓜头突然咝咝地喷出一股火焰，吓了她一跳。

“我们去另外一个地方。”声音从那个南瓜头内部某个地方发出，沙哑粗糙，又有些凄厉。

“另外一个地方。”他的同伴应声道，他的声音也同样粗哑，有如风扫落叶。

“你们说什么?”李叫道。

“我们知道一个更好的地方。”第一个南瓜头哑声道。厚厚的南瓜壳上切出的嘴巴狰狞地张开着，却一动不动。声音是从南瓜内部的什么地方发出的，橘黄色的火苗随着声音的节奏摇曳颤动。

“我们知道一个更好的地方。”

“一个你们永远不会忘记的地方。”

塔碧笑了，她转了转眼珠子：“哇，你们的声音好可怕呀!”她嘲讽地说。

“哦，我吓得发抖啦，我吓得哆嗦啦!”李跟着取笑。

他们一齐大笑起来。

“伙计们，歇歇吧!”塔碧对南瓜头说，“你们的装扮确实不错，可要我们害怕还差得远呢。就别费神再捏着嗓子说话了，好吧?”

“就是!”李附和道，“咱们还是去要糖吧，时间已经晚了。”

“跟我们来!”一个南瓜头哑声说。

“跟我们去一个没去过的地方，一个更好的住宅区。”

他们说完带头向前走去，肩头的大南瓜随着脚步摆动，火焰喷吐，好像他们顶着的不是南瓜，而是闪闪发光的火炬。

“他们这是要干什么?”瓦克向我耳语道，“这可不是计划的一部分呀！他们要把我们带去哪里?”

我也同样想知道。

17 树林

我们走过了三个街区，离自己的家越来越远了。然后又经过了一排石头建的高大住宅，门前都是大片的草坪，用高高的树篱与道路隔开。下个街区上有片空置的宅地，看上去是有人打算在这里建房，却又中途放弃了。

两个南瓜头大步流星，走得很快，头在肩上来回摆动。他们喷火的面孔向着前方，并不回头看我们。

“我们要去哪里呀?”李快跑几步追上他们问，他拉了拉一个南瓜头的胳膊，“刚才错过了许多不错的房子，你怎么不停下来?”

南瓜头并未慢下脚步。“我们去一个新的社区。”他哑声说道。

“是的!”他同伴嘶哑的嗓音响起，“一个新地方，一个更好的社区。你待会儿就知道了。”

我们走过了那片空着的宅地，又经过一片矮小、阴暗的房子。

“他们要去哪里？”瓦克低声说着，用手指了指前边带路的夏恩和赛娜，“他们怎么回事啊？这是要做什么？连我也要给他们吓着啦！”

“我相信他们知道自己在做什么。”我低声答道。

我左右张望了一下，连一个玩《不给糖就捣乱》的孩子也没见到。时间越来越晚，绝大多数孩子已经回家了。

在下一户人家的车道上，两个大一点的孩子——他们一个扮成了大猩猩，另一个是胖小丑——正低头翻拣糖果袋里的收获。我们走过时，他们连头都没有抬。

“喂，我们错过了很多好房子啦！”李不满地说，他指着转角处的一栋砖房说，“在那里停一下好吧？那家人总是给大把的糖果，真的，每次都是一大把！”

南瓜头不理他，继续向前走。

“喂！喂！停住！别走啦！”塔碧叫道。

她和李跑到南瓜头的前边。

“别走啦，我说。喂！”

“一个新社区。”南瓜头中的一个嘶哑地说。

“去一个新地方。”另一个南瓜头附和道。

“一个更好的住宅区。”

我后背一阵发凉。夏恩和赛娜的举动实在太过诡异。

我把斗篷从一丛野草上扯开。空气似乎突然间变得又湿又冷。我把斗篷裹在身上。

前边，李又在弄他的触角。我看到塔碧的舞鞋上也沾满了污泥。

我们随着南瓜头走到街对面，然后他们走下人行道，进了一片黑暗的树林。

瓦克追上我，尽管脸上涂着黑色的颜料，我仍看出他的紧张不安。“干吗要带我们进林子?”他低声问。

我耸耸肩。“估计是他们惊吓塔碧和李的行动就要上场了吧。”

我们在树林中穿行，断枝和落叶在脚下沙沙作响。

一个可怕的想法在我心中闪过。我突然想起了那四个失踪的胖子。

四个活人，突然消失在空气中，踪迹皆无。

我想起了妈妈每一句告诫的话。我记起她反复说过要待在孩子多、灯光明亮的地方。

我记起她原本连我出来玩都不准。

我意识到事情不妙。

妈妈的建议是英明的，我们不该走进树林，我知道。

我们不该离开街道，不该离开那些亮着灯的房子。

我们不该远离人群，走进这阴暗、可怕的树林。

“一个新社区。”南瓜头嘶哑的声音突然响起。

“过了树林就到了，”另一个南瓜头幽幽地说，“一个非常好的地方，你们马上就看到了。”

到处是黑黢黢的一片，高高的野草和光秃秃的树木纠结在一起，南瓜头里闪烁的光影投射其上，不停跳动，越发诡异。

我的心开始猛跳，加快脚步紧跟在其他人身后。

夏恩和赛娜是可以信赖的好朋友，我告诉自己。

我相信他们知道自己在做什么。

但这并非我们的计划呀，这根本不在我们的计划之内。

我为什么会有如此不祥的感觉?

18 一个新社区

“夏恩！赛娜！不要太过分啦！”塔碧生气地叫道，“瞧瞧我，瞧瞧我的舞裙，都成什么样子啦!”

她掀起裙子的前摆。尽管光线幽暗，我还是看到她的裙裾上已经污渍斑斑。

“我们必须离开这个鬼林子！”她尖叫道。

“没错，这里太黑了，我们已经浪费了太多时间！”李跟着说。

他的糖果袋被一根矮树枝钩住了，费了好大劲才拉开。

夏恩和赛娜根本不理他们的抱怨，火光闪烁的巨大南瓜头在他们肩上晃动着，两人健步如飞，快速地在阴暗的树林中穿行。

几分钟后，我们终于走了出来，面前是一条狭窄的街道。看到明亮的街灯和路边的小房子，我们都发出一声欢呼。

“现在可以开始要糖了。”一个南瓜头嘶哑地说。

我上下看了看这条街道，两边的房子一栋连着一栋，房子都很矮小，门前的草坪更小。大多数门前都亮着灯，还布置着万圣节的装饰。

两排明亮的小屋，沿街伸展开去，越过几条横向的马路，似乎没有尽头。

“这个地方太适合玩《不给糖就捣乱》啦！”我说道。感觉一下子好多了，没有刚才那样提心吊胆了。

“太棒了！”李表示同意，“我们准能捞到不少好东西！”

“这是什么地方？”瓦克问道，“我以前怎么从来没见过这个地方？”

没人回答他，我们都急着马上开始去要糖果。

斗篷上沾了一些湿湿的落叶，我把它们弄掉，又正了正脸上的面具。这一路把每个人都搞得很狼狈，大家都动手简单地整理了一下自己的衣着。

然后，我们六个一块儿向第一栋房子奔去。

一个年轻女人，一手抱着孩子，来到门前，在我们袋子里各放了几块很小的糖。她怀中的婴儿看着冒火的南瓜头，开心地笑了起来。

下一栋房子里住着一对老夫妻，等了似乎有一万年他们才出现在门口。“不给糖果就捣乱!”我们齐声高喊。他们用手捂住耳朵，我估计是受不了我们的噪声。

“很抱歉，我们没有准备糖果。”老太太说，她在我们每人的袋子里放了一枚硬币。

我们又急匆匆穿过院子，来到下一家。开门的是两个大约七八岁的女孩。“哇，化装真棒!”她们中的一个对夏恩和赛娜说。她们给了我们每人一小袋M&M'S巧克力豆。

我们又奔往下一栋房子。“这感觉可真棒!”李说。

“房子挨得真近!”塔碧接口说，“很快我们就可以要遍一百家了!”

“以前我们怎么不到这边来呢?”瓦克说。

“不给糖果就捣乱!”我们按响了下一户人家的门铃，齐声呐喊。

开门的是一个十几岁的男孩，他留着金色的长发，还戴着一只耳环。他笑嘻嘻地看着我们的化装说了声“不错”，给了我们几袋玉米糖。

然后又是下一家，再下一家。

我们又走过了一个路口，每户都停下来要糖。然后又走过了两个路口，街边的小房子似乎没有尽头。

我的糖果袋都快装满了。在路口处我们停了一会儿，因为瓦克的鞋带松了，他弯身系鞋带，我们也都趁机歇口气，休息一下。

“抓紧时间!”一个南瓜头催促瓦克。他的眼洞中喷出凌厉的火舌。

“对，快一点!”另一个南瓜头咝咝地说，“不要浪费时间!”

“着什么急呀!”瓦克嘟囔道，“鞋带打结了。”

在他跟鞋带较劲儿的时候，两个南瓜头摇摇晃晃，不停地扭动着身子，似乎极其不耐烦。

终于，瓦克站起身，拿起鼓鼓胀胀的糖果袋。两个南瓜头马上带头向下一个街区走去。

“我有点儿累了，”我听到李低声对塔碧说，“现在几点了?”

“我的袋子快装满了!”塔碧回答道。她呻吟一声，把沉甸甸的袋子交到另一只手上。

“赶快!”一个南瓜头催促道，“还有很多很多房子要去呢。”

“非常非常多!”另一个南瓜头咝咝地附和。

我们又走过两个路口。街两边的人家都要遍了，大约有二十栋房子。

我的袋子已经完全装满了，要两只手并用才提得动。

瓦克的鞋带又开了，他弯腰去系，结果把鞋带弄断了。“这可怎么办?”他嘟囔着说。

“赶快！”南瓜头中的一个又开始催促。

“还有更多的房子！”

“我已经累啦！”塔碧抱怨道，这次故意提高了音量，让每个人都可以听到。

“我也是！”李跟着说，“再说，袋子也快提不动啦！”

“破鞋带！”瓦克嘟囔着，还在搞他的鞋带。

“我看现在已经很晚了，”我说着向四周看了看，“除了我们，连一个要糖果的孩子都没有，估计大家早都回家啦！”

斗篷皱得不像样子，而且勒得我透不过气，我把它解下来，卷成一卷，用一只胳膊夹着。

“还有更多的房子！”一个南瓜头哑声道。

“赶快，还有更多的房子要去！”另一个南瓜头用她那沙哑的嗓音说道。黄色的火焰在她的脑袋里不停跳动。

“可是我们不想要啦！”李大叫道。

“没错，我们不想要糖啦！”塔碧尖着嗓子喊道。

“你们不要不行！”一个南瓜头厉声说。

“什么？”李张大了嘴巴。

“继续走！你们必须要糖！”南瓜头命令道。

两个南瓜头给人一种浮在空中的感觉，好像在我们面前飘了起来。三角形的眼洞里火光吞吐，两颗头就像悬浮在穿了深色长袍的身躯之上。

“你们不能退出，永远不能！”

19 火墙

“哈哈！真好笑！”塔碧眼珠向上一翻说。

但我注意到李吃惊地向后退了一步，他的腿似乎有些发软，差点把糖果袋丢到地上。

“还要走一个街区。”其中的一个南瓜头说。

“还要走一个街区，然后还有更多。”另一个南瓜头说。

“嘿！打住！”塔碧抗议说，“你们凭什么指手画脚地命令我们，反正我要回家了！”

她转身就走，但两个南瓜头飞快地绕回来拦住了她。

“别挡着我！”塔碧高叫。

她猛一转身冲向右边，但那两个巨大的南瓜头如影随形地飘了过去，喷吐着火光的嘴巴似乎变得更大，火焰更盛。

两个南瓜头开始围着我们绕圈，无声地浮动，他们越转越快，最后已经无法分辨身影，只剩环绕在我们周围的一圈火光。

一道火焰的墙壁把我们围在当中。

“你们必须服从!”嘶哑的声音命令道。

火墙向前推进，逼迫我们前行。

我们毫无办法，只能就范。我们成了囚徒，困在火中的囚徒。

下一栋房子门前站着位老人。我们登上门前的台阶，老人张口对我们微笑说：“你们几个小家伙玩得很晚哦，很开心吧?”

“算是吧。”我回答说。

他在我们袋子里放了几块巧克力。

我们穿过潮湿的草坪，走向下一栋房子。“赶快！赶快!”南瓜头不时地在身后催促。

李的袋子太重了，只能在地上拖着走。我的袋子得用两手提。塔碧一路摇着头，嘟嘟囔囔地抱怨。

我们逐户要糖，街两边的房子都走遍了。我连一个孩子都见不到，也不见有车经过，有些房子已经开始关灯。

“赶快!”一个南瓜头又开始催。

“还有更多的房子，还要走许多的街区。”

“决不!”李叫道。

“决不!”塔碧也跟着喊。她尽力想装出底气十足的样子，但我听出她的声音已经发抖了。

南瓜头又飘了过来，喷火的眼睛向下盯着我们。

“赶快！你们不能停止，不能停止!”

“但是时间已经太晚啦!”我抗议道。

“我的鞋子总是掉下来!”瓦克也不满道。

“我们不想再要糖果啦!”塔碧尖叫道。

“你们不能不要！快走!”

“还要去很多人家，这是最好的住宅区!”

“决不!”塔碧和李异口同声地喊道，“决不！决不！决不!”

“我们的袋子已经满了!”我说。

“我的都快漏了!”瓦克抱怨道。

“决不！决不!”塔碧和李继续喊叫。

两个南瓜头又开始围着我们旋转，越来越快，重新形成了火的围墙。“你们不——能——停——止!”一个南瓜头咝咝地说。

“你们必——须——继——续!”

他们渐渐逼近，我已经能感觉到火焰灼人的热度。

他们越来越快，并发出咝咝的声响，就像要发起攻击的蛇。

咝咝声越来越响——最后我们仿佛觉得包围自己的是

千万条毒蛇。

我手里沉重的糖果袋落到地上。“停住!”我对着他们尖叫，“停住！你们根本不是夏恩和赛娜!”

火焰从他们眼中喷出，嗞嗞声会聚成了凄厉的呼号。

“你们不是夏恩和赛娜!”我尖叫道，“你们是什么人?”

20 夏恩和赛娜

他们猛地停下，咧开的嘴巴里伸出火焰的舌头；他们凄厉的号叫声撞击着光秃秃的树干，划破了凝重沉寂的夜空。

“你们是什么人?”我又用发抖的声音问。我全身都在打战，突然觉得夜晚的寒意已经浸入了我的骨头。

“你们是什么人？我们的两个朋友呢？你们把夏恩和赛娜怎么了?”

没有回答。

我看了看瓦克，光影在他脸上闪动。尽管涂成了大黑脸，还是看得出他惊恐万分。

我咽了咽唾沫，转头去看塔碧和李。他俩正大摇其头，满脸的不屑。

“你们只会搞这点拙劣的把戏吗?”塔碧翻着眼珠问，

“嘿！你们真以为我和李会上当吗？”

“哦，我好怕啊，我好怕！”李装模作样地叫道，他两只膝盖互撞，说，“瞧，我抖得像片叶子！”

塔碧和李纵声大笑。

“你们设计的装扮确实不差，火也弄得挺逼真。但我们明知他们是夏恩和赛娜！”李说道，“珠儿，你想吓到我们是不可能的。”

“门都没有！”塔碧跟着说，“你们看着……”

她和李同时伸出手去，每人抓住一个南瓜头——用力一拉！

“天哪！”

他们把两个火光熊熊的南瓜头从那两个怪物的肩膀上扯了下来！

然后，我们四个一齐发出尖叫——因为，在那两个穿着长袍的身体上，竟然没有头！

21 头颅

我们的尖叫声像警车凄厉的鸣叫响彻夜空。

南瓜头从塔碧手里掉了下来，重重摔在地上，眼睛和嘴巴里喷出一股强烈的火焰。

李还把南瓜头抓在手上，但那南瓜的嘴巴一动，吓得他赶紧丢掉。

冒火的头在草地上笑看着我们。

“噢——”我发出惊恐的低吟，踉跄着后退。我想远远地逃开，头也不回地有多快跑多快。

但我却无法把眼睛从那两个头上移开。它们在潮湿的草地上，依旧对我们张开嘴笑。

我看着它们，心咚咚直跳，腿也开始打战。有人紧紧抓住了我的胳膊。

是瓦克！

瓦克紧抓着我，手寒冷如冰。他用另一只手指着那两个无头的身体。

他们站在原地，深色的长袍随风拂动，刚才安置南瓜头的脖颈处光滑平整。

似乎南瓜头方才只是随便放在上面，根本没用任何东西联结。

根本没有联结！

塔碧和李也紧靠在我身边。塔碧的皇冠已不见了踪影，头发也散落开来，一缕缕湿漉漉的头发遮住了她的面孔。

李的糖果袋倒在地上，一堆糖撒了出来，离一个南瓜头只几寸远。

南瓜头里的火焰闪烁跳动，它们狰狞的嘴巴也随之忽明忽暗。

它们的嘴张得更大，三角眼却眯得更小了。

“嘻……嘻……嘻嘻……”

它们的嘴巴里发出丑恶的笑声，一种邪恶、刺耳的声音。更像是咳嗽，或者清嗓子，而不是笑。

“嘻……嘻……嘻嘻……”

“不——”我痛苦地叫起来，身边的瓦克大气直喘。

李猛咽了几口口水，塔碧两手紧紧抓住他蜜蜂衣的袖子，拉着他一直退到我和瓦克身后。

“嘻……嘻……嘻嘻……”

两个头一齐笑起来，头颅内火焰闪动。

它们的身体突然动了起来，伸出长臂，飞快地把南瓜头从草地上抓起来。

我以为他们会把头放回脖子上，但他们并没有那么做，而是把头端在胸前。

“嘻……嘻……嘻嘻……”

又是一声干笑。南瓜嘴在阴暗的圆脸上扭动着，眼睛空洞地望着我们，随着火焰的跳动一会儿亮一会儿暗。

我意识到自己紧掐着瓦克的胳膊，但他似乎根本不知道。

我放开手，深吸一口气。

“你们是什么人?”我向那两个东西问道，我的声音听起来又尖又细，“你们是谁，想干什么?”

“嘻……嘻……嘻嘻……”他们又一次发出那丑恶的笑声。

22 别无选择

“你们是什么人?”在他们的干笑声中，我再次鼓起勇气大声质问，“夏恩和赛娜在哪儿?我们的朋友在哪儿?”

火舌从两个南瓜头里嗞嗞地冒出来，狰狞的黄色嘴巴绽开了一个更大的笑容。

“珠儿，咱们再试着逃一次吧，”瓦克压低声音说，“也许可以给他们一个出其不意……”

我们说跑就跑，突然转身拔腿飞奔，塔碧和李跌跌撞撞地跟在后面。

腿不停地打战，没有一点力气，我本以为一步都没法跑呢。心扑通扑通跳得厉害，我大口大口地喘着粗气。

“快跑!”瓦克拉着我的胳膊，气喘吁吁地叫道，“珠儿，加把劲儿，跑得再快点!”

我们没能跑出多远。

两个发着可怕咝咝声的南瓜头追了上来，绕着我们开始旋转，把我们困在当中。我们再一次成了火墙的俘虏。

我们根本逃不掉，根本没办法甩掉他们。

我从飞旋的火焰上方望出去，眼睛绝望地在街上来回搜寻。

一个人也见不到。一切仿佛都静止不动了。没有汽车，没有人，甚至猫和狗都没有一只。

双手托着头颅，这两个不知是什么的怪物逼上前来，然后把两颗吞吐着火舌、红彤彤的头高高举过肩膀，气势极为逼人。

“还有更多的房子，更多的人家……”无情的话又从南瓜头的嘴巴里吐出，火红的眼睛向下瞪着我们。

“还有更多的房子，更多的人家……”

“你们不能停止，你们必——须——继——续!”

“拿起你们的袋子，拿起来——马上!”一个南瓜头咆哮着。他的头捧在两只手里，眼睛瞪着我们，狰狞的嘴角带着阴险的冷笑。

“我们……我们不想要糖了!”李号哭道，手紧紧拉着塔碧。

“我们要回家!”塔碧也哭了起来。

“还要去许多的房子，许多的人家，许多的人家……”南瓜头嘶哑的声音继续重复老调。

他们把我们赶成一堆，然后逼迫着我们前进。

我们别无选择，只得疲惫地把丢掉的糖果袋从草地上捡起来。

他们跟在我们身后，低沉、干涩的声音无休无止地重复着：“还有更多的房子，更多的人家……”

过了路口，南瓜头逼迫着我们走上第一户人家门前的台阶，一直牢牢地守在我们身后。

“我们……我们还要走多久?”塔碧问。

两个南瓜头咧开的大嘴同时一扬，说：“直到永远!”

23 救星

开门的是一个女人，她在我们每人的袋子里放了几块好时巧克力。“你们几个孩子玩得真是太晚了，”她说，“你们住在附近吗?”

“不，”我急忙答道，“我们其实不知道这是什么地方。我们从来没到过这里，是两个没有头的怪物逼着我们来要糖的，他们还说会让我们永远要下去。请帮帮我们，求你了，帮帮我们吧!”

“哈哈，你真有趣!”女人笑起来，“表演得很不错，你蛮有想象力。”说罢不等我张口，她已关上了房门。

在下一户人家，我们都懒得再次求助了。没人会相信我们。

“你们的袋子这么鼓!”开门的女人吃惊地说，“肯定是讨糖讨好久了吧!”

“我们……我们特喜欢吃糖。”瓦克沮丧地答道。

我回头瞧瞧南瓜头，他们在不耐烦地示意我们快走，去下一家。

我们跟那女人道别，穿过房前的草地，袋子太重，只能在地上拖着走。

走近下一户人家的车道时，塔碧凑到我身边，贴着我的耳朵低声说：“咱们怎么办？怎么才能摆脱这些……这些怪物？”

我耸耸肩膀，不知道如何回答她。

“我好害怕！”塔碧向我坦白，“你不会认为他们真的打算让我们永远要下去吧，是不是？他们到底想怎么样？为什么要这样对待我们？”

“我也不知道。”我的嗓子发干。看得出，塔碧都快哭了。

李垂头丧气地走着，鼓鼓胀胀的糖果袋拖在身后，边走边摇头，嘴里嘟囔着。

我们走上下一户人家的台阶，按了门铃。开门的是一个中年男人，穿着鲜黄色睡衣。“不给糖果就捣乱！”我们无精打采地说。

他在我们袋子里放了几小条巧克力。“已经很晚了，”他嘟囔着说，“你们的家长知道你们还在外面玩吗？”

我们拖着疲惫的脚步向下一栋房子走去，然后是再下一栋……

我一直等待着机会逃跑，但那两个家伙一直不让我们脱离他们的视线，他们藏身在暗处，一刻不离地尾随着我们，脑袋里的火光从眼孔透出，放射着血红的凶光。

“还有更多的房子……”他们不停地念叨着，催促我们穿过街道，向对面的人家讨糖。

“还有更多的人家……”

“我好害怕。”塔碧又用颤抖的声音对我低声说道，“李也是。我们怕得要命，感觉糟透了！”

我想告诉她我也是同样的感觉，但话未出口，我们同时一惊，猛吸了口气。我们看到一个人，从街上走来！

一个穿着蓝色制服的人！

一开始我以为是警察，但等他走到一盏路灯下，我看清了他穿的是一套蓝色工作服。他头上戴着一顶棒球帽，手里提着一个黑色的大饭盒。

他肯定是刚下班回家，我心想。这人边走边轻轻地吹着口哨，一直低着头。我估计他并没看到我们，但那是在塔碧发出尖叫之前。

“救命！”她高声呼喊道，“先生，求求你，救救我们吧！”

那人吃了一惊，抬起头，眯缝着眼睛打量我们。

塔碧穿过草地向他跑去，我们也跟在后面，手里还拖着沉重的糖果袋。

“求求你，帮帮我们!”塔碧尖声哀求道，“你一定要救救我们!”

我们四个人跑得上气不接下气，飞奔到街上，把那人团团围住。他有些惊疑不定，眼睛仔细地打量我们，用手挠着卷曲的棕色头发。

“出了什么事，孩子们？你们迷路了吗？”他问。

“是怪物!”李脱口说道，“没有头的南瓜头怪物！他们把我们劫持了，强迫我们挨家挨户地要糖果!”

那人几乎就要乐了。

“对……他说的都是真的!”塔碧迫切地说，“你一定要相信我们！你一定要帮帮我们!”

“快，快帮帮我们!”李哭喊着说。

那人又抓了抓头发。他紧盯着我们，查看我们的表情。

“快呀，快帮帮我们吧!”李喊道。

我瞪大了眼睛看着他惊疑的面孔。

他会帮助我们吗？

24 大餐

“你一定要帮帮我们!”李哀求道。

“好吧，就算被你们开个玩笑好啦!”他转动着眼睛说，“你们说的怪物在哪儿呢?”

“就在那儿!”我叫道。

我们都转头去看刚才经过的院落。

但那里空无一人，南瓜头不见了。

消失了。

塔碧倒吸了口气，李大张着嘴巴。

“他们去了哪里?”瓦克喃喃地道。

“他们刚才就站在那里!”塔碧说，“他们的头拿在手里，是两个怪物，真的!”

那人长长地叹了口气。“你们过个痛快的万圣节吧!”他疲惫地说，“但别缠着我了，好吗?我刚刚下班，累坏了。”

他说完把黑色的饭盒交到另一只手里，我们眼睁睁看着他走上车道，消失在房子后面。

“咱们赶快离开这里！”李叫道。

但没等我们迈动脚步，两个南瓜头已经从一道矮树篱后一跃而出，红色的火苗在脑袋里嗞嗞作响，嘴角下垂，做出愤怒的咆哮状。

“还有更多的房子！”他们又念咒般同声说道，“还有更多的人家。你们不能停止……”

“但我们实在太累了！”塔碧的嗓子已经哑了，我看到眼泪在她眼睛里打转。

“放我们走吧，求求你们了！”李哀求道。

“还有更多的房子，更多……更多……”

“你们永远不能停止，永远不能！”

“我没办法呀！”李哭着说，“我的袋子已经满啦，你们看！”他把鼓胀的袋子递给南瓜头看，糖堆得已经高出了袋口。

“我的也满了！”瓦克说，“已经装得冒尖啦！连一粒玉米糖都放不进去了！”

“我们必须回家了！”塔碧哭道，“我们的袋子都是满满的了。”

“没关系！”一个南瓜头说。

“没关系?”塔碧哭道，“什么没关系?”

“现在开始吃吧!”南瓜头命令道。

“什么?”我们都倒抽了一口冷气。

“开始吃吧!”南瓜头重复道，“开始吃!”

“嗨——那怎么可能?”李抗议道，“我们才不会就站在这儿……”

两个怪物似乎又要飘浮起来，闪亮的黄色火焰从他们的眼中喷出，狰狞的嘴巴里吹出一股热风，我的脸上感觉到一阵灼热。

我们都明白，如果不服从他们的命令将意味着什么。我们都将葬身在火焰之中。

李从满满的袋子上抓起一块巧克力，用颤抖的手剥去包纸，把糖塞进嘴里。

我们都开始吃糖。我们没有选择。

我往嘴里塞了一块巧克力，嚼了起来。嘴巴已经失去味觉，完全感觉不出任何味道。一大块巧克力粘在我的牙上，可我管不了那么多，继续向嘴里塞更多的巧克力，不停地嚼着。

“快吃!快快吃!”南瓜头命令道。

“行行好吧!”塔碧哀求着，嘴里塞满了一大块红色甘草糖，“我们不能……”

“快吃!吃!吃!”

我把一整袋玉米糖塞进嘴里，拼命地嚼着。我看到瓦克在他的袋子里摸索着，想找出点容易吃的糖。

“快吃！再快些！”喷火的南瓜头飘浮在我们头顶，发布着命令，“吃！吃！”

李已经吞下了第四块威化巧克力，他又拿起一块奶糖，开始剥包装纸。

“我……我要吐了！”塔碧叫道。

“快吃！快吃！”凶狠的声音继续在耳边响起。

“不行了，真的不行了，我好恶心！”塔碧哭道。

“继续吃！吃……再快些！”

李被噎到了，猛咳起来，喷出了一大块粉红色的太妃糖。塔碧拍着他的后背，直到他不再咳嗽。

“继续吃！再快些！”南瓜头命令道。

“我……我不行了！”李哭着说，嗓子完全哑了，几乎发不出声音。

两个怪物俯身看着他，眼中喷出暴怒的火焰。

李又绝望地拿起一块巧克力，剥去糖纸放到嘴里。

我们四人就这样蹲在街边，大口大口地吃糖，嘴巴不停地嚼着，强忍着吞下去一口，然后再塞一块新的到嘴里。

颤抖——恐惧——恶心！

我们完全不知道，最可怕的事还在等着我们。

25 直到永远

“我……再也……吃……不……下了！”塔碧哽咽着说。

这一阵子我们一直在拼命往肚子里塞糖，巧克力混着口水流到塔碧的下巴上，甚至她的金发上也粘了巧克力。

李用手捂着肚子，趴在草地上，不停地呻吟。“我好难受！”他哼着说，然后打了一个又长又响的嗝，接着又开始呻吟。

“我这辈子都不想再看到糖了。”瓦克低声对我说。

我想答话，但嘴里满满的。

“还要去更多的人家！”一个南瓜头命令道。

“更多的人家，要更多的糖！”

“不！求求你们了！”塔碧哀告道。

李趴在草地上，又打了一个长长的嗝。

“现在都快半夜啦!”塔碧反抗道，“我们必须回家了!”

“还有更多的人家要去!”一个南瓜头对她说，火眼眯缝起来，“永远地走下去！永远玩《不给糖就捣乱》!”

“但是我们都要吐啦!”李捧着肚子呻吟道，“今晚我们不能再要糖啦!”

“家家都睡觉了,”瓦克对南瓜头说，“这么晚了没人会开门的。”

“这地方的人是会开门的!”南瓜头答道。

“在这个社区是没问题的!”另一个南瓜头说，“在这里你们可以一直玩《不给糖就捣乱》直到永远!”

“但是……但是……但是……”我说不下去了。

我知道说什么都没有用。这两个喷火的怪物会强迫我们继续，他们根本不会理睬我们的抱怨。

他们也不会让我们回家。

“还要去更多的房子！更多的房子！永远地走下去!”

塔碧帮助李站起来。她捡起李的糖果袋，放到他手上，然后把头发从面前拨开，把自己的糖果袋也从地上提起来。

我们四个穿过街道，糖果袋拖在身后。夜晚的空气变得沉重，寒意更盛。一阵强风吹动树枝，落叶在脚边飞掠而过。

“我们的父母肯定着急死了，”李喃喃地说，“现在真的是太晚了。”

“他们着急就对了！”塔碧声音颤抖地说，“也许我们再也见不到他们了。”

街口第一栋房子门前仍然亮着灯。南瓜头胁迫着我们走上台阶。

“现在玩《不给糖就捣乱》已经太晚了。”李嘟囔着。

但我们别无选择。我按响了门铃。

我们等在门口，身上瑟瑟发抖，吞下太多的糖，感觉又头晕又恶心。

门缓慢地打开了。

我们全部倒抽了一口冷气，惊得呆住了。

26 南瓜头之家

“呀——”瓦克的喉头发出一声低叫。

李从台阶上跌了下来。

借着门廊灯的黄光，我看着面前的这个“生物”。她是一个女人，一个长着南瓜头的女人。

“不给糖就捣乱？”她问道，空洞的嘴巴向我们笑着，里面黄色的火焰起伏闪烁。

“哦……哦……哦……”瓦克噔噔噔退下台阶，和李撞在一起。

我盯着面前咧着嘴笑的南瓜头。这是一场噩梦！我告诉自己。这是“噩梦成真”！

那女人放了些糖到我的袋子里，我甚至没有去看是什么糖，我的眼睛似乎被钉在了她的南瓜头上，无法移开。

“你是……”我刚要问她。

但不等我说完，她已经关上了房门。

“还有更多的房子要去，”南瓜头命令道，“还要讨更多的糖!”

我们垂头丧气地走向下一栋小房子。刚登上台阶，门就猛地开了。

我们面前，站着又一个南瓜头。

这个南瓜头穿着牛仔裤和栗色运动衫，眼洞和嘴巴后面火焰呲呲地燃烧。他的嘴巴里还刻出了两颗弯曲的獠牙，一颗在上，一颗在下，使他看起来一副蠢相。

但我和朋友们惊吓过度，已经笑不出来。

下一家开门的是两个南瓜头。我们来到街对面，第一户人家出来开门的，依然是一个南瓜头。

我们还是在人间吗？我心想。

这到底是什么鬼地方？

两个南瓜头胁迫着我们又走过了一个路口。这个街区的房子里住的也全是南瓜头。

在街区尽头，塔碧放下糖果袋，向两个南瓜头哀求道：“求求你们，不要让我们再走了!”

“我们走不动了!”李虚弱地叫道，“我……我太累了，胃里实在难受。”

“求求你们了!”瓦克也哀告起来，“放过我们吧。”

“我一栋房子也走不了啦！真的不行了。”塔碧摇着头

说，“我害怕死了。那些怪东西……每栋房子里都是……”她抽泣着，声音越来越低。

李把胳膊在胸前一抱，说：“我不走了！要怎么样随你们的便！我反正一步也不走了！”

“我也一样！”塔碧跟着说，站到他的身边。

两个南瓜头没有回答，而是冉冉升向空中。

我后退一步，仰头向上看。他们的三角眼怒睁，嘴巴咧得更大，刺目的黄色火舌从他们的眼洞中激射而出。

他们的嘴巴张得更大，突然间发出高声的号叫，节奏起伏，忽高忽低，像警车凄厉的警报，响彻了凝重的夜空。

两个南瓜头渐渐向后仰起，喷出猛烈的火焰，高高地射向夜空。他们的尖叫声越来越响，越来越响，最后我不得不捂住耳朵。

我眼角余光看到火焰一闪，转头只见街对面出现了一个南瓜头，正向我们飘来。

“天哪！”我发出一声惊呼。又有两个南瓜头从房子里冲了出来。

接着又出现了两个，然后又是一个……

整个街区，房门一扇扇打开……

南瓜头怪物源源不断地飘出来，飘向我们，尖叫着，嘶鸣着……

跳动的火焰从一个个南瓜头的怪眼和嘴巴里喷射而出，黄色的火舌冲上漆黑的夜空。他们沿着街道飘浮过来，穿过黑暗的草坪，像警车一样尖叫着，像毒蛇一样嘶鸣着。

近了，更近了！

几十个南瓜头，又是几十个，源源不绝。

瓦克、塔碧、李和我在街心紧紧靠在一起，南瓜头越来越近。

他们环绕着我们，形成了一个圆圈。他们的头全是喷火的南瓜，身上一律穿着深色的长袍，我们被包围在当中。

南瓜头的包围圈开始缓缓地旋转，他们的头在肩上有规律地摇动。

缓缓地，缓缓地，他们绕着我们转圈，沙哑、刺耳的念咒声重又响起：

“不给糖果就捣乱！不给糖果就捣乱！不给糖果就捣乱!”

“他们要干什么?”塔碧哭喊道，“他们要怎么样?”

我没来得及答她的话，因为正在此时，四个南瓜头怪物踏进了包围圈。

看到他们端在手上的东西，我发出一声惊恐的尖叫。

27 换头

“不给糖就捣乱！不给糖就捣乱！不给糖就捣乱!”

我的尖叫声盖过了南瓜头的大合唱。

四个南瓜头踏进包围圈，念咒似的声音随之结束。他们走上前来，南瓜随着脚步在肩上前后摇摆，狰狞的笑嘴越咧越大。

他们的双手端在胸前，每一双手上，都捧着一个南瓜头。

额外多出来的四个南瓜头!

“哦，不!”李看到他们手上捧的南瓜头发出一声尖叫。

塔碧惊恐地抓着李的胳膊：“他们要用那些头干什么?”

熊熊的黄色火焰从四个额外的南瓜头颅的眼睛和嘴巴

里喷出。

“这些是为你们准备的!”一个南瓜头说道，他的声音犹如碎石互相摩擦，极为刺耳。

“上帝呀!”我在嗓子里低低呻吟了一声。

我盯着那几颗头颅，盯着它们火红的眼睛和狰狞的嘴巴。

“这些是为你们准备的,”那南瓜头重复道，又踏前一步，“它们将成为你们新的头颅。”

“不！你们不能这么做！不能！你们……”塔碧尖叫。

没等她喊完，那怪物已经把手里的南瓜头举到她头顶。南瓜底部掏出了一个大洞，怪物用力一按，噗的一声，将南瓜套在了塔碧头上。

李还想逃走，但另一个南瓜怪飞身将他拦住，双手一挥，扑哧一声李的头也被套上了一只南瓜。

我踉跄倒退，嘴巴大张，无法合拢。

塔碧和李双手绝望地摸着自己的南瓜面颊，发出惊天动地的尖叫，沿着街道跑去，疯狂地尖叫，疯狂地奔跑，冲入黑暗之中。

接着，怪物转身面对着我和瓦克，高高地举起了手里的南瓜头。

“不!”我哀求道，“不……求求你们!”

28 变 化

“求求你们！”我喊道，“不要也让我变成南瓜头！”

“求求你们……”瓦克也跟着喊道。

然后，我们俩一齐纵声大笑。

两个怪物把空南瓜头放到地上，然后他们自己肩上的南瓜头开始变化，先是火焰熄灭，接着开始变小，形状也在改变！

很快，两个南瓜头变回了夏恩和赛娜的模样。

然后我们四个一齐开始大笑。我们抱成一团，疯狂地笑着、叫着、跳着；我们在街上狂跳，我们对着天上的星星和月亮狂笑，一直笑到疼为止。

我们终于结束了庆祝。“兄弟们，成功啦！”我说，“成功啦！成功啦！这次我们真的把塔碧和李吓惨了！”

“他们一辈子都别想忘啦！”瓦克说，他在夏恩的后背上拍了一巴掌，又开始蹦跳起来，双手在头上狂挥乱舞。

“我们成功了！我们成功了！”我满心欢喜地说，“我们把他俩吓死了，终于把他们吓倒了！”

“太过瘾了！”瓦克叫道，“而且简直不费吹灰之力！”

我走上前，拥抱夏恩和赛娜。“那当然！”我得意地说，“有外星人当朋友，还有什么能难倒我们！”

29 真相

“嘘！可得悠着点，别叫人听到！”夏恩压低声音说，紧张地向四下瞧了瞧。

“我们不想让外人知道我们来自别的星球。”赛娜说。

“明白，明白！”我说，“因此我们以前一直没利用你们的能力来吓唬塔碧和李！”

“今年我们实在是没有别的办法啦！”瓦克说。

“但小心谨慎还是很重要的。”赛娜说。

夏恩站起身，对仍围绕着我们的其他南瓜头说：“兄弟姐妹们，多谢你们的帮助！不过，大家还是赶快回去吧，让人发现这片地方住的都是外星人可不妙。”

南瓜头们对我们挥挥手，有说有笑地散去，快速返回了他们的住宅。片刻后，街上又是空空荡荡，只剩下我们四个好朋友。

我们在街道中央漫步向回家的方向走去。瓦克和我还拖着我们沉重的糖果袋。

瓦克突然又笑了起来，他转头看着夏恩和赛娜问：“你们说，塔碧和李什么时候才会发现他们的南瓜头其实可以脱下来?”

“也许永远也发现不了!”赛娜说。我们又一齐大笑起来。

我们一路不停地笑着，直到走上了我家的车道。

“再次感谢!”我对夏恩和赛娜说，“你们干得太棒了!”

“何止是太棒了，简直是超级棒!”瓦克说，“有好几次，你们把我都给吓到了，我还明知是你们呢!”

“外星人当朋友还有一大好处，知道是什么吗?”我说，“那就是外星人不吃糖!”

“这倒没错!”夏恩和赛娜承认。

“这意味着这么多糖只有我和瓦克两个人分喽!”我快活地叫道。

我突然想到了一个问题，收住笑声问：“我说，我还真的没见你们吃过任何东西呢!你们拿什么当食物呢?”

赛娜伸手捏了捏我的胳膊。“你还是瘦得皮包骨头，珠儿。”她说，“等你长胖一点，就会发现我和夏恩拿什么当食物啦!”

“没错!”夏恩跟着说，“我们星球的人只吃肥胖的成年人，你现在完全没必要担心!”

我的嘴巴一下张大了。“喂！你们不是认真的吧?”我问，“夏恩！赛娜！你们只是开玩笑，对吧？只是个玩笑，是不是呀？是吗?”

蓝毛巨兽

1 野营

当我很小很小，还是个小女孩的时候，每到晚上，妈妈把我放上床，就会轻声地说上一句："睡个好觉，金吉儿，睡个好觉，千万别让臭虫咬。"

至于臭虫是什么，我不知道，但在心里把它们想象成一种胖鼓鼓的红色虫子，有大大的眼睛，还有蜘蛛一样的腿，在床单下面爬来爬去。只要一想到它们，我就会全身痒得要命。

妈妈在我脑门儿上亲了一下，然后就离开了，接着爸爸就会进来唱歌给我听，很温柔地唱歌，每晚都是那首《泰迪熊的大聚餐》。

我不知道他为什么觉得这首歌很适合做催眠曲。这首歌唱的是走进森林，发现了成百上千的熊瞎子。

可是这首歌把我吓得够戗。这些熊聚餐时吃的是什

么？小孩子吗？

等爸爸亲亲我的额头，离开房间之后，足足有好几个小时，我都会一面浑身发痒，一面抖个不停，接下来就是做臭虫和熊瞎子的噩梦。

直到几年以前，我还不敢进树林。

现在，我十二岁了，再也不会动不动就害怕了。

至少，在这个夏天全家人去露营以前，我是什么都不怕的。就是那一次，我才发现，这个世界上，有比熊和臭虫可怕得多的生物！

不过，我想最好还是从头讲起吧。

关于那次野营，我记得的第一件事就是爸爸朝弟弟们大吼大叫。我有两个十岁的弟弟——派特和奈特。你猜得没错，他俩是双胞胎。

我真幸运啊，对吧？

派特和奈特可不只是双胞胎那么简单，他们还是同卵双胞胎。这俩人就像从一个模子里印出来的，像到连他们自己都分不清谁是谁！

他俩都跟瘦猴儿似的，个子小小的，脸圆圆的，都有一双大大的褐色眸子，褐色头发都从中间分开，直直地在脑袋两边垂下来。他们俩都穿着肥大的退色牛仔裤，还有红黑相间的圆领 T 恤衫，上面写着谁都看不懂的话。

想分清那个人到底是派特还是奈特，只有一个办法，

那就是问他：“你是谁?”

我还记得，出发去野营的那一天，天气晴朗，空气清新，有股松木的香味。我们沿一条弯弯曲曲的小径走进树林，细枝和枯叶在脚下发出沙沙的声响。

爸爸在前面领路，肩膀上扛着帐篷，背上背着鼓鼓囊囊的背包。妈妈跟在他身后，背上同样沉甸甸地压着各种必需品。

脚下的小路一直通往远处一片长满草的空地。太阳照在我的脸上，热辣辣的。背包越来越重，我心里开始嘀咕，不知道爸爸妈妈还想在这个林子里走多远。

派特和奈特走在我们后面。爸爸不停地回过头来，朝他们大声吆喝。跟他们说话，不吆喝是不行的，不然他们除了彼此的话，别人的话全都听不到。

爸爸为什么要吆喝呢?

嗯，就为一件事：奈特时常不见踪影。奈特喜欢爬树，一看到不错的树，他就要往上爬。我觉得，他简直是半个猩猩。

我一有机会，就会这样说他。他听了之后，就猛挠胸脯，发出黑猩猩的尖叫，自以为很搞笑。

就这样，我们在树林里徒步前进的时候。只要一回头，肯定会看到奈特又上了哪棵树。他让我们想快都快不了，所以爸爸就只好冲他嚷嚷。

而爸爸吼派特的原因，则在于他的游戏机。“我不是叫你不要带这个东西吗！”爸爸喝道。爸爸块头很大，有点像头大熊。他说起话来轰隆隆的，像打雷似的。

哪怕是这样，爸爸的话也没什么作用。派特和奈特总把他的话当成耳旁风。

派特跟在后面，两眼紧盯游戏机，手指猛敲按键。

“我们走进树林是为了什么?”爸爸问他，“游戏机可以回家在房间里玩嘛。收起来吧，派特，欣赏欣赏周围的景色。”

“不行啊，爸爸，”派特不干，“现在可不能停，我已经打到第六关了！我还从来没有打到过第六关呢!”

“刚刚跑过去一只花栗鼠。”妈妈插话进来，伸手一指。妈妈简直就是一本野生动物指南，只要能动的东西，她都叫得出名字来。

派特仍然紧盯游戏机，眼睛抬都不抬一下。

“奈特呢?”爸爸问着，两眼搜索着那片空地。

“我在这儿呢，爸爸!”奈特叫道。我用手挡着阳光，眼睛看到了他。那儿有一棵顶天立地的老橡树，他正坐在高高的树杈上。

“快下来!”爸爸大喝一声，“那树枝会断的!”

“哇，我打到第七关了!”派特大喊一声，疯狂地动着手指。

“看哪，两只小兔子!”妈妈叫道，“在草丛里，看到没有?”

“还是继续走吧，”我抱怨说，“热死人了。”我只想走完这片草地，躲进树荫里。

“只有金吉儿最懂事。”爸爸摇着头说。

“金吉儿是个大怪胎!”奈特大声说着，从橡树上滑下来。

我们在树林里前进，不知道走了多久。这个林子太美了！四下里一片静谧，一缕缕阳光从高高的树枝间洒落下来，照得地面上闪闪烁烁。

我发现自己居然哼起了歌，却突然发现，居然是那首描述树林中熊的歌曲。我怎么会想起它来呢，爸爸已经有好多年没给我唱过了。

来到一条清澈的小溪边，流水潺潺，我们停下来吃午餐。“在这儿宿营很不错，”妈妈提议说，“我们可以把帐篷支在岸边的草地上。”

爸爸妈妈动起手来，拿出装备，开始支帐篷。我在一旁帮忙。派特和奈特朝小溪里扔石头玩儿，然后又扭成一团，谁都想把对方推到水里去。

“把他们带到林子里去，”爸爸对我下令，“想个办法，让他们迷路回不来，好吗?”

当然，他是开玩笑。

可他万万没有想到，派特、奈特和我，很快会真的迷了路，差一点就永远回不来了。

2 林中游戏

“咱们玩什么?”奈特问道。他捡了一根树枝，当做拐杖。派特不停地打那根树枝，想将奈特绊倒。

我们沿着小溪走了一会儿，看到成千上万的小银鱼在水里游来游去。这里林木茂盛，低处灌木丛生，岩石遍地，我们穿行在其中。

“捉迷藏!”派特嚷道，伸手在奈特身上一拍，“你当鬼，你来找!”

奈特回拍他一下：“你当鬼。”

“你当!”

“你当!”

“你当!”

俩人越拍越起劲。

“我当鬼!”我叫起来，不管怎样，总不能让他们俩拍

死一个，“去，快躲起来吧，不过别跑太远了。”

我靠在树上，闭起双眼，开始从一数到一百，听着他们往树丛里跑去。

数到三十以后，我就十个十个地往下数，不想给他们太多时间。“好了没有，我来了！”我叫道。

没过几分钟，我就找到了派特。他蹲在一个白色的大沙堆后面，自以为神不知鬼不觉，可是沙堆顶上露出了他的褐色头发。

我轻轻松松就把他揪了出来。

找奈特要费劲点。不用说，他当然是上了树。他一直爬到树顶，浓密的绿叶将他遮得严严实实。

如果不是他朝我吐唾沫，我压根儿别想找到他。

“下来，讨厌鬼！”我恼火地大叫，朝他挥挥拳头，“真恶心！你给我下来，快点！”

他咯咯直笑，高高在上地看着我：“吐到你没有？”

我没回答，不动声色地等着他溜回地面。然后，我抓起一把落叶，捂到他脸上，直到他气急败坏，气得话都说不出来了才罢休。

我们家的捉迷藏就是这么玩的。

接下来，我们跟着一只松鼠，在林子里追了好一阵子。这可怜的家伙一路不停地回头看我们，好像不敢相信我们会对它这么穷追不舍。最后，它终于玩厌了赛跑，蹿上了一棵高高的松树。

我环顾四周。这一带的树木格外繁茂，空气比别处更清凉一些，树叶几乎挡住了所有的阳光，光线阴暗，简直像夜晚一样。

“回去吧，”我提议道，“爸爸妈妈该着急了。”

两个男孩这回没有唱反调。“往哪儿走?”奈特问。

我看看周围，把树林扫视了一圈。“呃……这边。”我伸手一指。我也是猜的，不过几乎有百分之九十九的把握。

“你能肯定吗?”派特怀疑地看着我，含着一丝担忧。他不喜欢户外活动，不像我和奈特。

“肯定。”我告诉他。

我在前面带路，他俩紧跟在我身后。他们各自还找了一根手杖。没走几步，俩人又挥舞着手杖打起架来。

我没理他们，我自己还担着心呢。这个方向不一定是对的。老实说，我怀疑自己完全搞反了。

“嘿，看到小溪了!”我高兴地叫起来。

我心里立即轻松了些。没有迷路，我带对了方向。

现在，只要顺着小溪走，就能找到宿营地。

我又哼起歌来，男孩子们把手杖扔进溪水里。我们沿着绿草如茵的河岸慢慢地跑起来。

“哎呀!”我大叫一声，左脚陷进泥里，差点儿摔进一个很深的泥坑。我抬脚拔出登山鞋，鞋子一下全湿了，褐色的泥一直淹到了脚脖子。

派特和奈特当然是看我的笑话，他们大笑着互相击掌。

我愤愤地朝他们吼了一声，但又懒得说什么。这两个家伙真是没治了，一点儿都不成熟。

我真想一下子飞到宿营地，好好洗洗脚上厚厚的泥。沿着溪岸一路小跑，然后穿过一片由细瘦的白色树干形成的林子，来到空地上。

“妈妈！爸爸！”我急急忙忙地从草地上跑过去，大声喊道，“我们回来了！”

我猛地停住了脚步，因为停得太急，两个弟弟撞到了我的身上。

我的眼睛在空地上到处张望。

“妈妈？爸爸？”

他们全不见了。

3 古怪的树林

“他们不要我们啦！”派特哇哇大叫，发狂地在空地上乱跑，“妈妈！爸爸！”

“回过神来，派特！”奈特伸出巴掌，在派特面前晃了晃，“我们走错路了，你这个胆小鬼。”

“奈特说得没错，”我看看周围说道。这儿没有脚印，没有支过帐篷的痕迹，不是原来那片空地。

“我还以为你认识路呢，金吉儿，”派特埋怨道，“你野营的时候什么都没学到吗？”

野营！去年夏天，爸爸妈妈逼我花了两周时间，参加一个名叫“新奇野外探险”的夏令营。第一天我就被毒藤扎到了，在那之后，教官说过什么，我一个字都没听进去。

这回我后悔了。

“要是我们在树上做过记号就好了，”我说，“就可以找到回去的路。”

“现在你倒想起来了？”奈特眼珠一转，不满地哼哼道。他拾起一根长长弯弯的棍子，在我面前挥舞。

“给我瞧瞧！”我命令道。

奈特把棍子递给我。黄色的汁液弄了我一手，一股腐臭的味道。

“恶心！”我大叫一声，扔掉棍子，在牛仔裤上使劲擦着两只手，但那黄黄的脏东西还是留在手掌上。

什么鬼东西，我心想，不知道那是什么，反正我可不喜欢皮肤被这玩意儿沾上。

“还是顺着小溪走吧，”我建议，“爸爸妈妈肯定就在附近。”

我假装镇定，但心里完全没有主意。说真的，我根本不知道我们现在在哪儿。

我们走出空地，回到小溪边。太阳慢慢落下去了，这让我心里有点发毛。

派特和奈特捡起小石头，往水里扔，过了一会儿，他们又拿石头互相对扔起来。

我才没工夫去管他们，反正没往我身上扔。

不知走了多远，空气越来越冷，路也越来越窄。

溪水的颜色变深了，也更加混浊。银蓝色的鱼一条接着一条地浮出水面张大嘴。树木高耸，细细的树枝垂了下来。

一阵恐惧感涌上我的心头。派特和奈特也安静下来，不再互相打闹。

“在宿营的地方，我不记得见过这些灌木。”派特忐忑不安地说。他指向一丛粗粗矮矮的植物。那种植物的叶子好奇怪，是蓝色的，看上去就像好多张开的小伞，一把叠着一把，“你能肯定真的没有走错路吗?”

现在，我能肯定的是，我们确实走错了路。我也没见过这些奇怪的灌木。

这时我们听到灌木丛后面有响声。

“没准儿是爸爸妈妈呢!”派特大叫。

我们拨开灌木丛走了过去，结果又走进一处没人的空地。

我四处看了看。这片草地非常大，支上一百顶帐篷都没问题。

我的心在胸口里怦怦地狂跳不止。

我们站在铁锈色的草地上。草很深，淹没了脚踝。在我们的右边，成片地生长着巨大无比的紫色卷心菜。

“这地方真酷!”奈特说，“东西全都长得那么大。”

在我看，这地方一点都不酷，倒叫我直起鸡皮疙瘩。

周围全都是奇形怪状的树，包围着我们。那些树枝从树干上笔直地向上生长，全都是同样的角度，好像是一道道阶梯向上升起，一直升到云里面。

我从没见过这么高的树，要说爬树，这些树再好不过了。

红色的苔藓挂在树枝上。无数的藤条交缠穿插，拧得像麻花一样，上面挂着黄澄澄的葫芦似的果实，在风中轻轻晃动。

我们这是在哪儿？这个地方不像树林，更像是一片诡异的森林！为什么这些树啊草啊的，都那么奇怪呢？

我的胸口抽搐了一下。

我们那片空地在哪里？爸爸妈妈呢？

奈特奔向一棵大树。“我要爬一爬。”他说。

“不行，不准爬。”我制止他，冲上去将他的手从树干上拉开。

红色苔藓拂过我的手掌，被它碰到的地方立即染上了红色。加上原来的黄色，我的手上呈现出了红黄相间的图案。

这是怎么回事？我不明白。

我正想把手伸给弟弟们看一看，这时，树摇晃了起来。

“啊！小心！”我大喊一声。

一只毛茸茸的小动物从树上跳下，落在我的脚上。我从没见过这样的东西。它大小如同花栗鼠，全身都是棕色，只在一只眼睛的四周圈着一小片白色。

它有一条蓬松的毛尾巴，耷拉着的大耳朵有点像兔子，另外还有两颗海狸一般的大门牙。它不停地抽动扁鼻子，瞪圆了一双灰色眸子，惊慌地仰头望着我，然后一溜烟跑了。

“这是什么东西？”派特问。

我耸耸肩。在这片林子里，不知道还住了些什么怪东西呢？

“我有点儿害怕了。”派特老实地承认道，凑到了我身边。

我也害怕。可是，我知道，自己是姐姐，所以我告诉他，什么事都没有。

然后我往地下瞧了瞧。“奈特！派特！”我叫道，“看！”

我沾满泥巴的靴子踩在一个脚印里，这个脚印有我的三倍大。不对——还不止。什么动物有那么大的脚印？

熊？巨型大猩猩？

我来不及想这个问题。

地面突然震动起来。

“感觉到了吗？”我问弟弟。

“是爸爸！”派特大叫。

绝对不是爸爸。他确实是个大块头，但他不可能让地面震成这个样子！

我听到远处传来低沉的咆哮声，然后是一声嗥叫。头顶传来噼啪的断裂声。

一头巨兽气势汹汹地在树林里穿行，看得我们三人目瞪口呆。它巨大无比，高得头能碰上大树中部的枝叶。

它长长的脖子上，顶着一颗瘦削的尖脑袋，两眼闪闪发亮，就像是绿色的玻璃球。它全身都是蓬蓬松松的蓝色长毛，还拖着一条毛茸茸的长尾巴，尾巴重重地拍打在地面上。

我这辈子从来没见过这么奇怪的动物！

巨兽走进空地的另一头。

我屏声敛气，看着它越走越近，近得能让我看清它突出来的鼻子。它咻咻地吸着气，鼻孔一张一合。

弟弟们直往后退，缩在我身后，我们哆哆嗦嗦地挤成一团。

巨兽张开大嘴，紫色的牙龈上立着两排锋利的黄牙。一只獠牙又长又尖，一直到下巴。

我跪倒在地，两手撑着身子，又把弟弟们也拉着蹲了下来。

巨兽来来回回地转着身子，鼻子到处闻着，毛茸茸的的尖耳朵一动一动的。它闻到我们的味道了吗？它是在找我们吗？

我脑子动不了，身子也动不了。

巨兽丑陋的脑袋扭过来，望向我这边。

它看到我了。

4 蓝毛巨兽

我一边紧盯着巨兽，一边用力揪着弟弟们的 T 恤衫，将他们拉到一丛巨型卷心菜后面。

巨兽还在空地的那一边站着，起劲地嗅来嗅去。它毛茸茸的脚掌一跺地面，地面似乎就会抖一抖。我感觉到奈特和派特已经吓得浑身打战了。

巨兽的头又扭向别的地方。

呀！我心想，它没有看到我们。我咬住下嘴唇，牢牢地抓着派特和奈特。

“嗷呜——”巨兽低吼一声。它伏下身子，四肢着地，鼻子凑近地面，边闻边爬，发出很响的鼻息声。

我没有把心里的想法告诉派特和奈特：巨兽虽然没有看到我们，但如果靠鼻子闻的话，我们怕是无处藏身了。

它长长的尾巴忽前忽后地拍打，有一下挥到了树上，震掉了好些怪模怪样的葫芦。

巨兽一路爬行到了空地中央，继续前进，离我们更近了。

我紧张得指甲都抠到了自己的手掌心。

掉头走吧，巨兽，我在心里暗暗祈祷，回到树林里去。那只蓝毛巨兽停了停，然后又闻了起来，接着它换了个方向，开始朝我们来了。

我咽了咽唾沫，嘴里突然干得不得了。

巨兽的尾巴扫过我们近旁的一棵卷心菜，弄得叶子沙沙作响。

“趴下！”我低声说着，推了弟弟们。我们仨人直挺挺地趴在了草地上。

巨兽在离我们藏身之处几英尺的地方停了下来。

它的尾巴从我胳膊上拂过，上面的毛又粗又扎人。

我急忙缩回胳膊。它觉察到我了吗？我在它眼里，是不是就和小动物一样？可以让它捏在手里揉成一团，就像弟弟们对待我家的小狗那样？

巨兽又直起身，闻个不停，向卷心菜丛走来。它看上去至少有八英尺高！

它伸出长着尖指甲的大拇指，从毛里挑出什么东西——然后放进嘴里。

它抽动鼻子和嘴巴，露出满意的笑容，在空地上左顾

右盼。

别往下看，我在心里祈求道，别看到我们。

我全身绷得紧紧的。

巨兽低吼一声，长长的舌头舔了舔獠牙。然后，它昂首阔步，走进树林。

我长长地松了一口气。

“还要多等一会儿。”我对弟弟们说。我从一数到一百，然后从卷心菜后面爬了出去。它走了。

但就在这时，地面又震动起来。

“啊，不好！”我抽了一口冷气，“它又回来了！”

5 巨兽群出现

巨兽硕大的蓝色脑袋突然在树丛间冒了出来。它怎么这么快又回来了？而且还是从另一个方向？

我们赶忙回到原来藏身的卷心菜后面。

“我们得离开这儿，”我小声说，“要是它来来回回找个不停，肯定会发现咱们。”

“怎么离开呢？”奈特问。

我捡起一个葫芦：“我把这个果子扔出去，吸引它的注意力，让它往别的地方看。然后我们就跑——往另一个方向跑。”

“可是，要是被它看到了怎么办？它追上来怎么办？”奈特好像不喜欢我这个办法。

“对啊，如果它跑得比我们快呢？”派特问。

“不会。”我说。我不过是假装有把握罢了，只是弟弟们不知道。

我从卷心菜上面望过去，那巨兽离我们比什么时候都近。它嗅着空气，突出的鼻子像昂起的蛇头一样。

我看了看手里的葫芦，然后一扬手，准备扔出去。

“等等!”派特悄声说，“快看!”

我的手僵在那儿了。又有一头巨兽大踏步走进空地。

又是一头。

还有一头。

我猛吸了一口气。许许多多的蓝毛巨兽迈着大步，纷纷走进空地。

现在我们想跑也跑不了了。

这些巨型动物从四面八方涌向空地，彼此之间发出低沉的哼哼声、吼叫声。

其中一头停下来，大声发出一连串急促的音节，嗓门又粗又哑。它下巴底下没有毛，皮肤堆起一层层的褶子，不停地前后晃荡。

“看看!”奈特喃喃地说，“至少有二十多头。”

一头小怪兽慢慢地跑进空地，那一身蓝毛比别的巨兽浅些，站起来大约只有三英尺高。

是头小怪兽吗？还是巨兽宝宝？

小怪兽将短短的粉红色鼻子贴到地面上，起劲地嗅着，沾了一鼻子泥土和干枯的碎叶。

“它好像是饿了。”派特压低声音说。

“嘘!”我不让他出声。

小怪兽急切地抬头张望，朝着我们的方向。

它看上去确实饿了，但它想吃什么呢?

我憋着气不敢出声。

小怪兽突然从地上抓起一个葫芦，整个儿塞进嘴里，狼吞虎咽地吃了下去。黄色的汁水从它的嘴唇里往外喷，打湿了它身上蓬松的蓝毛。

它吃果实！我无声地在心底发出欢呼。这是个好兆头。也许，它们是素食主义者，我心想，也许它们不吃肉。

我知道，大部分野生动物只吃一种类型的食物。要不吃肉，要不就吃水果或其他植物。

除了熊！我猛地又想起来，熊既吃荤，又吃素。

一头成年巨兽迈着重重的步子，向小怪兽走去。它一把将小怪兽从地上揪起来，朝小怪兽飞快地说了些什么，一副气冲冲的样子，然后拉着小怪兽朝树林走去。

那掉了毛的皱皮巨兽走进了空地中心。

“呜噜!”它朝众兽喷了个响鼻，又用它毛乎乎的脚掌画了个圆圈，指手画脚地发出一串叽里咕噜的急语。

其余众兽纷纷点头，呜里呜噜地说着什么。它们之间好像能明白彼此的意思，那些叽里咕噜的声音似乎是一种语言。

中间的巨兽最后叫了一声，众兽掉头向树林走去。它们分散开来，安静地潜入林中，沉重的脚步震得大地不停颤动，枝叶折断的声音不断传来。

片刻之间，它们就从眼前消失了，草地上空荡荡的。

我再次长出了一口气。

“它们到底在干什么?”派特问。

奈特抹抹额头上的汗珠。“看它们的样子，好像在搜寻什么东西，”他接着说，“在找猎物。”

我用力地咽下一口唾沫。

我知道它们的猎物是什么。

它们要猎取的是我们。

这些巨兽数量那么多，而且分散到了四面八方。

我们逃不掉了，我知道。

它们一定要抓住我们。

然后又会干些什么呢?

6 跑还是不跑?

我慢慢地站起身，转了一圈，看看周围有没有它们的踪影。

低沉含混的哼叫声越来越远，慢慢地听不到了，地面也停止了颤动。

一阵冷风掠过空地，刮得树上的葫芦互相碰撞。一种怪异的调子响起，在树林中呼啸而过。

我猛地打了个冷战。

“我们离开这儿吧，赶快走!”奈特叫道。

“别急!”我叫了一声，一把拉住他，“那些巨兽还没走远，会看到我们，或者听到我们的声音的。”

“我不想再待下去啦，我要拿出最快的速度，赶紧离开这儿!”

“我跟你一起走，”派特说着跳了起来，“可是，该往

哪边去呢?”他问道。

“现在哪里都不能去,”我坚持道,“我们已经迷路了,不知道方向,所以应该待在原地不动,爸爸妈妈会找到我们的,一定会。”

“如果他们找不到呢?如果他们也遇到麻烦了呢?”奈特反问。

“爸爸懂得在野外如何生存,”我肯定地说,“而我们不懂。”

至少我不懂。如果我在那次野外夏令营好好听讲,该有多好啊。

“我也懂!”派特拖长声音尖叫起来,“我能自己照顾自己,对吧,奈特?快走吧!”

蒙谁呀?派特连树林都不喜欢,还谈什么野外生存。

但他是头蛮牛,一旦认准了一件事,谁都别想让他改变主意。而奈特当然是附和他的。真是一对双胞胎!

“金吉儿,你走不走?”派特逼问道。

“你们疯了!”我对他们说,“我们必须得待在这儿,这是规定,你忘记啦?”

妈妈爸爸一直教导我们说,如果哪天迷了路,就待在原地不动。

“但是,爸爸妈妈只有两个人,而我们有三个人,”派特争辩道,“所以应该是我们去找他们。”

“但迷路的不是他们！”我嚷道。

“我还是觉得应该走，”派特又说了一句，“一定要躲开这些丑八怪！”

“好吧，”我对他们说，“那就走吧，至少大家在一块儿。”

可我还是认为他们的决定是错的，但又不能让他们自己走，万一出了什么事可怎么办？

而且，我也不想一个人待在这片透着古怪的树林子里。

我转身跟上去，无意中发现，深深的草丛里有东西在动。

“是……是……它们！”奈特吓得结结巴巴，“它们回来了！”

我惊恐地瞪着草丛。

“快跑！”派特尖声大叫，飞一样穿过草地。

一只松鼠轻快地蹿出草丛。

“派特，别跑了！”奈特喊道。

“是只松鼠！”我大声说。

但他没有听见。

奈特和我向派特追去。

“派特！喂！派特！”

一条粗粗的树根弯弯曲曲地露出地面，我一个不留神被绊了一跤，头晕眼花地躺在地上。

奈特在我身边跪下，抓住胳膊将我扶了起来。

我向前面看去，派特已经消失在树林里，完全不见了踪影。

“一定要追上他。”我气喘吁吁地对奈特说，站起来拍拍膝盖上的泥土。

地面又在震动。

“啊，惨了！”奈特叫了一声苦。

那些东西又回来了。

我转过身，蓝毛巨兽在树林里向前开进。我数了数，后面四只，左边三只，右边五只。

我没再数下去。

太多了！

最大的那只吼了一声，抬起长毛的脚掌，指着的正是我们。其余巨兽喉咙里呜呜作响，还发出兴奋的喊叫。

“我们被抓住了！”我哀叫一声。

“金吉儿……”奈特拖着哭腔叫了我一声，惊恐万状地瞪大了双眼。我抓住他的手，紧紧地握着。

巨兽慢慢逼近，在我们周围形成了一个包围圈。

无路可逃。

“我们被包围了。”我低声说。

众兽齐声发出低沉的吼叫。

7 你当鬼

在它们低沉的吼叫声中，又有那种怪异的调子从葫芦间传出，我听到了。

奈特靠近我。“它们抓住我们了，”他低声说，“你觉得……你觉得派特逃脱了吗?”

我回答不了这个问题，而且我已说不出话来。

我全身软绵绵的，一点办法都想不出来。汗珠从我脸上流进了耳朵里，我想伸手去擦，但手却抬不起来。

我吓得不能动了。

然后，那只下巴松垮垮的巨兽走上前来，在离我几英寸远的地方停下。

我抬起双眼，慢慢向上看，先是看到满是长毛的肚子，然后看到宽阔的胸膛，发现有许多黑亮的小虫子在它的长毛里爬进爬出。

我继续向上看，看到了它的脸。那双绿色的眼睛垂下来，正看着我。它张开了嘴，露出獠牙。我看着那颗牙，看着牙尖上崩掉的一小块，心里顿时涌起一股绝望的感觉。

吃果子可用不上这样的牙！我心想。

巨兽像人一样站立起来，在我们面前举起满是长毛的巴掌，眼看就要狠狠拍下。

奈特向我挨得更紧了。隔着 T 恤衫，我简直都能感觉到他的心跳。又或者，那怦怦狂跳的，其实是我自己的心脏。

巨兽一声吼叫，纵身一跃。

我紧紧地闭上了双眼。

我感觉到肩头受到重重一击——力气好大，我连连后退。

“你当鬼!”巨兽大吼一声。

8 捕猎

“啊?”我张大嘴，震惊了。

“你当鬼。”蓝毛巨兽又说一遍。

我张着嘴看看奈特，他吃惊得眼珠都快掉下来了。

“它……它会说话!”奈特结结巴巴地对我说，“会说我们的话。”

蓝毛巨兽皱起眉头，看着奈特。“我会说许多种语言，”它粗声说道，“我们有自动转换语言的能力。”

“噢。”奈特有气无力地应了一声，和我互相看了一眼，我们都被这情形弄得昏头昏脑了。

蓝毛巨兽又从喉咙里呜呜叫了一声，向我走近一步。“听到我的话了吗?”它大喊道，“你当鬼!”

它子弹一样的眼珠紧紧盯着我的眼睛，一只脚在地上不耐烦地跺着。

“你是什么意思?”我问。

蓝毛巨兽哼了一声。“你是东方怪兽。”它说。

“你说什么呀?我不是怪兽，我是个女孩!”我声明，“我叫金吉儿·沃德。”

“我叫弗莱格。”蓝毛巨兽拍了拍胸脯回答道，它朝身边一只独眼巨兽扬了扬手，“它叫斯波克。”弗莱格说着，拍了拍独眼巨兽的后背。

斯波克向我和奈特咕噜了一句什么。我看着它黑洞洞的空眼窝，还看到它鼻子边有一条深深的黑疤。

丢了一只眼睛，还挂着一道伤疤，这大家伙一定打过一场恶仗。我只盼着它不是跟人打的，因为如果赢的是斯波克，那么输的那个会成什么样儿，可不是我想看的!

奈特呆头呆脑地看着斯波克。

“呃，这是我弟弟奈特。”我赶紧说。

斯波克吼了一声，算是回答。

“你们看到我爸爸妈妈了吗?”我问弗莱格，“我们一家人在这儿露营，然后走散了，我们俩想找到其他人一起回家，所以，最好还是……”

“还有其他人?”弗莱格迅速扫了一眼空地，“在哪里?”

“问题就出在这儿，”奈特回答，“我们找不到他们了。”

弗莱格哼了一声：“找不到的话，他们就不能玩了。”

“没错，这是规矩。”斯波克附和道，一边伸手去抓钻在毛里的小虫子。

“快开始吧，”弗莱格说，“时间不早了，你当鬼。”

我看着奈特。这事太古怪了。它是什么意思——他们不能玩？为什么它老说我当鬼？它们是想玩捉人游戏还是其他什么？

围成一圈的巨兽集体跺起脚来，整个林子的地面为之震颤。“开始……开始……”它们有腔有调地高喊着。

“玩什么啊？”我问，“真的是什么游戏吗？”

斯波克的眼睛鼓了起来，丑陋的粉红色鼻子下面，绽开了一个大笑脸。“最好玩的游戏，”它说，“不过你太慢了，肯定输。”

斯波克摩拳擦掌，伸出舌头在牙齿上舔了一圈。“你该跑了。”它粗声粗气地说道。

“没错，跑吧。”弗莱格下令，“我数完数之前。”

“等等，”我反对，“如果我们不想玩呢？”

“对啊，为什么一定要玩？”奈特问道。

“不玩也得玩，”弗莱格回答道，“看看那个牌子吧。”

它伸手一指，我们看到一棵葫芦树上挂着个木牌，上面写着：准许捕猎期。

弗莱格居高临下地看着我，凶狠地眯起了眼睛，潮乎乎的鼻子上，鼻孔张得老大。

它龇龇牙笑了，一点友好的意思都没有。

“准许捕猎期？”奈特颤抖着念那个牌子上的字。

“你得把玩法跟我们说说，”我说道，“我是说，不知道游戏规则我们没法玩。”

斯波克从喉咙深处发出一声咆哮，向我逼近一步，近得我都可以闻到它毛皮的味道。臭死了！

弗莱格伸出爪子，将斯波克拉了回去。

“是个好玩的游戏，”弗莱格对我们说，“很刺激的。”

“呃……有什么刺激的？”我问。

它眯起双眼，咧嘴一笑：“是个逃命游戏！”

9 古拉柳树

逃命？

啊，天哪！别想叫我玩这个！

“游戏时间是太阳落到古拉柳树后面之前。”弗莱格说。

“古拉柳树是什么东西？”奈特问。

“它在哪里？”我想知道。

“树林边上。”弗莱格答道，朝树林指了指。

“哪一边？在哪里？我们怎么知道是哪棵树？”我追问。

弗莱格朝斯波克咧嘴一笑，同时从喉咙里发出一种古怪的声音，就像噎住了一样。

我知道，它们是在嘲笑。其余的蓝毛巨兽也笑了，那声音可真难听，不像是笑，倒像是在作呕。

“我们不玩这个游戏，除非知道得更详细些。”我大叫。

笑声顿时消失了。

斯波克的手在胸口上抓着虫子。“很简单，如果太阳下去之后你没捉到我们，还当鬼，你就输了。”它对我说。

众兽呜呜噜噜地表示附和。

“输了又会怎样?”我颤抖着问。

“我们先尝尝。”弗莱格回答道。

“什么?”我问，“尝?”

“没错，我们先尝一小点儿，到晚饭的时候，才正式吃掉你们!”

10 规则

周围的蓝毛巨兽爆笑起来，恶心的咯咯声让我直想吐。

“这不好玩！”奈特尖叫。

弗莱格朝我们眯起眼睛：“这是我们最喜欢的游戏。”

“我可不喜欢你的游戏！”奈特嚷道。

“我们不玩，不想玩。”我也说道。

斯波克眼睛一亮。“你是说要投降吗？认输了？”它咂了咂嘴，露出一副馋相。

“不！”我放声大叫，和奈特一起向后一跳，“我们玩，不过得按规则玩，你得把规则告诉我们，一点都不要漏。”

一片云飘过来，在空地上洒下了阴影，我打了个寒战。

如果我们不玩的话，它们会向我们发起攻击吗？

“保命云。”斯波克突然喊了一声。

“保命云。”弗莱格也跟着说了一句。

啊？

“怎么了？”我问道。

云慢慢飘走。

“没时间解释了，”弗莱格说着，向其他蓝毛巨兽挥挥手，“快点开始吧，”它催促道，“已经暂停得够久了。”

“这不公平！”奈特发出抗议，“求你了，把规则告诉我们。”

“好吧，”弗莱格边说边准备走了，“第一，你们只能从东边发起攻击。”

“东边。”我咕哝一句，抬起一只手，挡在眼睛上扫视空地。

东、南、西、北，我在心里想着，地图上右边是东，左边是西，可是在树林里，哪里才是东呢？想当初，为什么我在夏令营里不好好学习啊！

“第二，棕色方块是‘自由午餐区’。”弗莱格继续说道。

“你是说，那里是休息的地方？是安全地带？”我问道。这条规则我喜欢，也许，我们可以想办法找到棕色方块，然后在里面等到日落。

弗莱格不屑地哼了两下鼻子。

“不是，自由午餐，意思是谁想吃你都行！”它低头瞪

了我一眼。“规则三，”它继续说下去，“身高三英尺以下不得参加游戏。”

我看了看众怪。它们全都在十英尺以上！弗莱格的游戏规则就是这么多。

“嗯，谢谢你的讲解，”说完我摇了摇头，“但我们真的不想玩这个游戏，我们还得去找爸爸妈妈，然后……”

“非玩不可，”弗莱格吼道，“你当鬼，你是东方怪兽，不玩就算投降。”

“太阳很快就要落山了。”斯波克加了一句，舔了舔长牙。

“在太阳落到古拉柳树后面以前，你们还有时间捉到我们，”弗莱格说，“否则，东方怪兽就要输了。”

斯波克发出被人掐住脖子的声音，那是它难听的笑声。“你肯定是个很好吃的失败者，我想啊，应该给你浇酸甜汁，也许，加点儿辣椒也挺棒。”

众兽纷纷发出又像呕吐又像噎住的声音，它们觉得斯波克很会逗趣。

弗莱格转身向树林走去，接着又停下来。“对了，”它咧开嘴，邪恶地笑了一笑，“祝你们好运。”

“祝你们好运。”斯波克也说了一句。然后，它伸出一根手指，捅进空洞洞的眼窝，在里面抠了抠，转身重重地迈着脚步，跟着弗莱格走了。

其余众兽纷纷跟随，大地在它们沉重的踩踏下瑟瑟颤

抖。片刻之后，空地上清净了下来。

我愣愣地看了看奈特。

这可不是什么游戏！这些凶狠的蓝毛巨兽在树林里搜寻迷路的小孩，然后就……

“我们怎么办？”奈特叫道，“也许它们已经把派特吃掉了，也许它们在棕色的自由午餐区里发现了他。”

“还有爸爸和妈妈。”我喃喃地说。

他吓得倒吸了一口冷气。

“一定会有安全区！”我告诉他，“就像我们在家里玩抓人的时候，门廊就是安全区。”

奈特艰难地咽了咽口水：“这儿有什么是安全的？”

我耸耸肩，老实地说：“不知道。”

“我们可以叫暂停，”奈特提议，“什么游戏都可以叫暂停的。”

“这个不一样，这是逃命游戏。”我轻轻地说。

头顶的树叶沙沙作响，一阵风吹过，葫芦发出怪异的声响。

我听到一声粗重的低声嗥叫，然后是蓝毛巨兽的笑声，那种难听刺耳的声音。树枝折断，灌木丛晃动，低沉的呜噜声接踵传来。

“我们还是赶紧开始吧，”奈特催促道，“它们听起来急着想吃东西。”

11 长眼睛的藤蔓

“我们怎么玩?”我叫道，“想赢是不可能的，它们数量太多了，而且，我们连古拉柳树在什么地方都不知道。”

“那又怎样?”奈特反问，“我们别无选择，不是吗?”

头顶的一根树枝猛烈摇晃起来，窸窸窣窣地响。

砰!

我尖叫一声，向后跳开。

一个棕色的小东西掉到我的脚边。

又是我们早先看到的那种棕色的小动物，它在我的腿上蹭来蹭去，发出咕噜咕噜的声音。

“至少，这些小家伙还不算太凶。”奈特说着，伸手想去摸摸它。

这东西猛地向奈特的手咬去，咔嚓一声，留下了四排细小尖利的牙齿印。

“哇!”奈特飞快地一缩手，直往后退。小动物一溜烟儿地钻进了灌木丛。

奈特猛咽唾沫。“太怪了，”他喃喃地说，“这树林到底是什么鬼地方？怎么连一个正常点儿的动物都没有?”

“嘘!”我竖起一根指头，贴在嘴唇上，皱着眉头说，“你听。”

“我什么都听不到。”奈特闷闷不乐地说。

“没错。”我回答。

呜噜声，咆吼声，还有噎住似的笑声，通通都听不到了。树林里很安静，真的很安静。

“现在是时候了!”我叫道，“快跑吧。”我抓住他的手。

“等等!”奈特大喊，“往哪边跑?”

我看了看空地四周。“往小溪那边跑，”我说，“然后试试看，顺着它去找爸爸妈妈，也许在水边能听到他们的声音。”

“好吧。”奈特同意了。

我们跑过空地，一头钻进树林里，在密集的树木里往前走。

我向前方看去。“这边!”我大喊一声，指着左边。

“为什么?”奈特问。

“因为，”我不耐烦地说，“我看到那边的林子比较亮，这说明那儿的树比较稀，小溪边的树是很稀的，还记得吗?”

我跑得很急，奈特跟在后面，我们俩一言不发地跑了一会儿。树真的越来越稀了，地面上散布着一丛丛的小灌木。

“在那儿!”我停了下来，奈特差点儿一头撞到我，“就在前面。”

“小溪!”奈特欢呼一声，伸手与我击了一掌。

我们兴奋起来，拔腿飞奔，几乎同时到达水边。

“现在怎么走?”奈特问。

“向左吧，”我提议，“来的时候我们迎着太阳，所以现在应该背着太阳走。”

没错！我心想，我们肯定正顺着原路往回走。现在要做的，就是沿着小溪，回到原来的空地上，回到父母身边。

“弯下腰，”我告诉奈特，“别弄出动静，以防万一。”要防备蓝毛巨兽在后面跟踪我们。“还要多留点神，看会不会发现派特。”我又加了一句。

我不知道派特是不是还在树林里，但愿他已经找到了宿营地。不过，他在哪里都是可能的，也许正躲在附近的什么地方，孤零零一个人，害怕得要命。

想到派特可能会被吓坏的样子，让我顿时又拿出了一些勇气。我们一定要镇定，这样才能救出派特。

奈特和我弯着腰，顺着小溪飞奔，一路拨开靠近水边生长的伞叶灌木。

我又看到了那种银蓝色的小鱼，它们靠近水面，转着圈子游动。

我光顾看小鱼，不小心绊了一下，急忙揪住伞莎草的叶子，这才没摔倒在地。叶子被我揉碎了，手指上沾满了蓝色的汁液。

天哪！又加了一种颜色。先是黄，然后是红，这回又加上蓝色。

“金吉儿！快过来！”奈特的叫喊把我吓了一跳，我连忙跑到他身边。

奈特指着地面。

我向下看去，很担心看到什么不好的东西。

“一个脚印。”我说着皱上了眉，紧接着又激动地大喊大叫起来。

奈特的脚正好放进这个脚印里，不大也不小。

“派特！”我俩异口同声地说道。

“他来过这里！”奈特高兴地说。

“太好了！”我叫道。派特已经找到路，回到了小溪边。

“也许他已经回到宿营地了，”奈特兴奋地说，“我们可以跟着他的脚印走。”

我们急切走下去，每走一步，我都想象着当我和奈特突然出现在爸爸妈妈和派特面前时，他们会高兴成什么样子。

派特的脚印沿着小溪走了一段，然后突然拐了个弯，走入林中。

我们一直跟着脚印走，穿过树丛，发现脚下是一条窄窄的小径。树林变密了。

头顶上，已经看不到太阳。

空气阴冷潮湿。

我听到了熟悉的吼叫声。

就在身后。

地面开始颤抖。

“蓝毛巨兽!”我尖叫一声，“快跑!”

我推了一下奈特，和他一起拔腿就跑。小径先是向右拐，然后又向左拐，我完全不知道我们是在朝哪个方向跑了。

树枝抽打着我们的脸，我尽力拨开它们。那些树在我们上方摇摆颤动，身边到处都有葫芦往下掉，落得满地都是。

有个温热、黏湿的东西，缠住了我的胳膊。我用力挣开，但又被另一个湿东西抓住了。

藤蔓。

很粗的黄色藤蔓。

它们越过树枝，一直垂到地面，还有一些正从树干上长出来。这些藤条互相交缠，织成了一张密密的网，挂在树与树之间。

有些长藤爬过了小径，奈特和我不得不又跳又闪，从上面跨过去。

这样跑很累人，我听到奈特已经气喘如牛了。

我肋骨生疼，呼吸声尖厉急促。

我很想停下来休息，但这是不行的。脚下的地面在震荡，雷鸣般的呐喊声回荡在树林里。

蓝毛巨兽在追我们，就要赶上来了。

“小心！”奈特提醒我。

我看到一张藤蔓织成的网拦在小径上。

奈特跳起来，越过了这张网。我用力一跳，跳得很高。

可是还不够高。

藤蔓缠住脚踝，我跌倒在地。

越来越多的黄色粗藤缠住了我的双腿。我发疯似的拉扯着，想挣脱出来。

藤蔓越缠越紧。

很紧。

“奈特！”我放声尖叫，“救命！”

“我被缠住了！”他吓得声调都变了，“救救我，金吉儿！”

我救不了他，根本动不了。

我看着自己的腿，藤蔓越缠越紧。

又有一条藤蔓伸过来，缠上我的腰。

我目瞪口呆地看着它。

那些闪闪发亮的东西是什么？

眼睛？

“眼睛！”我大喊一声。

藤蔓可没有眼睛！

我这才知道，自己看到的是什么。

这些藤蔓并不是藤蔓。

它们是蛇！

12 冰凉的舌头

我尖声大叫。

“金吉儿!”奈特在我身后喊道，“这些不是藤蔓，是蛇……”

“你以为我不知道吗!”我气恼地说。

缠在腰上的蛇慢慢松开，滑到我的右臂上。它身上长满了厚厚的鳞甲，硬绷绷地贴在我的皮肤上。

我深深地吸了一口气，用手握住蛇身，觉得暖暖的。

我用力猛拉，想把它扯下来。

扯不动。

蛇紧紧地缠住我的手臂，冷冰冰的眼睛向上盯着我，嘴里一伸一缩地吐着舌头。

大腿上有什么东西拂过，我向下看去。

又是一条蛇，它爬到了我的身上。

额头上汗如雨下。

“金吉儿！救命啊！”奈特惨叫，“我全身爬满了蛇！”

“我……也是！”我断断续续地说着，向弟弟看去。他眼睛都鼓了出来，满是恐惧，不停地挣扎扭动，想脱身出来。

爬到我大腿上的蛇昂起头，直直地看着我，好像能将我看穿。

缠在手臂上的蛇越收越紧——我的手指都发麻了。它咝咝地叫着，那咝声又长又慢，好像它时间多得很，一点儿都不着急。

“它们要咬人了！”奈特像是被扼住了脖子。

我没有回答。一条金属丝般的舌头在舔我的脖子。

冰凉的。

它们的舌头冰凉冰凉的。

而且带着刺。

我拼命闭上眼睛，屏住了呼吸。

别咬我，求求你不要咬我，我在心里苦苦哀求。

一声咆哮，震得身边的灌木丛乱晃。

“嗷——”

弗莱格从灌木丛里跳了出来。它看到奈特和我，张大了嘴巴。

我吓呆了。

弗莱格看到那些蛇，眼球突起，满脸惊讶之色。“双蛇眼!”它喊道。

我全身发抖，惊骇地张大嘴看着它。

双蛇眼?

这是好事，还是坏事?

13 怪招救命

“恭喜！双蛇眼！”弗莱格叫道，惊叹得连连摇头，“你们以前真的没玩过这个游戏吗？”

蛇更加用力地缠着我。

我看着弗莱格。“你在说什么？”我艰难地说道。

“二十分——我说的就是这个，”这头庞然大物粗声粗气地说，“我得加把劲儿，不然你们会赢的！”

“谁管什么赢不赢的啊！”我尖叫，“我喘不了气啦！快把蛇赶走！”

弗莱格笑了。“赶走！”它尖起嗓门学我说话，笑得下巴底下打褶的皮乱颤，“这条蛇看起来不错啊。”

“我们是说认真的，”奈特乞求道，“快帮忙赶走它！”

弗莱格一副大惑不解的样子。“为什么？”它问道，“它们可能会咬你们呢。”

“看出来了!”我尖叫，“救救我们……求你了!”

几条蛇伸出舌头舔我的脸，我都快反胃了。

弗莱格咧嘴笑了。“如果被它们咬了，你就能得到‘三毒牙’的奖赏，”它解释道，“值六十分呢。”

用被蛇咬换分数。居然有这种游戏!

“别管什么分数了!”我厉声叫道，“赶——走——它们，快啊!”

弗莱格耸耸肩：“好吧。”

它走到我身边，指甲伸到缠在我胳膊上的一条蛇的身下。“干这活儿没爪子可不成!”它扬扬得意地说。

弗莱格的指甲在蛇身上轻轻挠着。

我能感觉到蛇的身子开始放松。

“它们怕痒痒。”弗莱格解释说。然后它一把扯下那条蛇，扬手丢进树林里。

它又去抓挠另一条蛇，然后将它从我的腿上扯下。接着它又走到奈特身边，重复同样的动作，挠蛇的痒痒，让它们松开。

弗莱格一旦完成任务，立即便朝树林边缘跑去。

我挣扎着站起来，揉着自己的胳膊和腿。全身又痒又痛，只怕以后会做大蛇的噩梦!

弗莱格在一棵树后面探出毛茸茸的脑袋。

“你们本来可以拍到我的哦，”它叫道，“真可惜!”

它龇牙咧嘴地笑起来，又是那作呕的呃呃呃的声音。然后，它大步钻入林中，消失得无影无踪。

我难以置信地大张着嘴，视线一直追随着它。

“拍它！”奈特大喊一声，“这回我明白了。这个游戏，就像我们玩的捉人游戏一样。规则很简单，金吉儿，”他转过头来看着我，“拍到一只蓝毛巨兽，你就不当鬼了，你就不是东方怪兽啦!”

奈特拔腿就跑，去追弗莱格。

“等等，奈特!”我急忙追了上去，一脚踩在一个硬硬的东西上面，发出嘎吱一声。

然后又是一声，我低头看去。

“奈特！停下!”我尖叫道。脚边有一块橘红色的石头，我捡了起来，用力向奈特扔去，“嘿，停下!”

我看看自己的手，已经成了橘红色，手指上碰到石块的地方全都染了色。

石块打在树干上。奈特停下脚步，转过身来。“你干吗扔我?”他大声问道。

“想叫你别跑了。”我回答道。

“听着，金吉儿，”奈特着急地说，“一定要拍到一只蓝毛巨兽，只有这样才能赢，才能活命。”

“我不这么看。”我极力保持着镇定说道。

奈特皱上了眉头：“你怎么了？这就和我们的追人游

戏一样。”

“不对，”我说，“和追人游戏不一样，和我们平时玩的所有游戏都不一样。”

我指着地面。

奈特走近我，看看我指的地方。

他立即吃了一惊。“这是什么？”他问道。

14 一个计划

“骨头，”我喃喃地说，“一堆动物骨头。”

奈特和我盯着看。这堆骨头在阳光的照射下闪着寒光，上面干干净净，没有一丝血肉。

“这个你注意到了吗？”我指了指骨头旁边的地面。

“怎么了？”奈特愁眉紧锁。

“是棕色的，”我说，“我是说，骨头下面的草的颜色。这儿就是棕色方块。”

自由午餐区。

奈特用力咽了咽口水。

“不管它是什么动物，”他喃喃地说，“反正最后是被蓝毛巨兽吃掉了。”

我抱起双臂。“这游戏和捉人游戏不一样，奈特，”我心情沉重地对他说，无法从那只可怜动物的遗骨上移开

双眼，“这个游戏是要命的。”

“输了才要命，”奈特说，“金吉儿，我们刚刚看到了弗莱格，它还救了我们。”

“那又怎么样?”我问。

“我们可以让它再救一次。”

“怎么做?”

奈特笑了：“容易，骗骗它就行。假装我们需要帮助，假装又碰到蛇什么的。”

“说得好!”我转了转眼珠回答道。好像我求之不得，想让费莱格再次走近我身边似的。

奈特一把抓住我的胳膊。“会成功的，你大声喊救命，弗莱格靠近后，你就跳出来拍它，容易得很。”奈特啪的打了个响指。

我摇摇头：“算了吧，我还是去找小溪，然后离开这个地方。”

“你怎么就这么死脑筋呢?”奈特叫道。

“因为我当鬼!”我尖叫，“它们想吃了我!”

“我……我肯定用这个办法可以赢的，如果试一下的话。”奈特结结巴巴地说。

我深深地吸了好几口气，试图赶走心里的恐慌。

“好吧，”我最后说道，“好吧，好吧，我试一下。我该怎么做?”

15 奈特遇险

奈特高兴地朝我笑了。“首先，我要爬到树上去，”他说，“在上面可以看到蓝毛巨兽藏在哪里。”

我仰起头，看看周围枝叶浓密的大树。

我努力地思考着。我们要做的，只是拍到一只蓝毛巨兽，哪一只都行。

“干吧，”我对奈特说，“不过别在上面待太久。”

奈特的眼睛四处搜索，寻找最理想的大树。“那棵。”他说道。

这棵树很高。数十根粗壮的枝杈从树干上伸出，每一根的中间都有一个大大的节。细小的金色树叶长满枝杈。这棵树看上去很结实，可以支得住奈特。

“小菜一碟，”他安慰我说，“和爬梯子一样容易，在上面我什么都能看见。”

我在树下等着。

奈特用脚踩着最低处的树枝，攀了上去。

他爬得很慢，很稳。

“看到什么没有？”我焦急不安地问。

“看到一个很奇怪的鸟窝，”他冲下面喊道，“有不少大鸟蛋呢。”

“蓝毛巨兽呢？”我大声喊道，“看到它们没有？”

“还没呢。”奈特继续向上爬，过了一会儿，我就看不到他了。

“奈特！能听到我说话吗？”我用手圈在嘴边大叫，“奈特！你在哪里？回答我！”

我围着大树团团转，从树枝的缝隙里向上看，看到奈特已经就快爬到树顶。

奈特的动作很小心。他放开一根树枝，爬上最高处，树梢危险地摇动着。

我惊得一下屏住了呼吸。

也许，这不是个好主意。

如果还得要我爬上去把他救下来，那就惨了。

“奈特！”我差点喊破了喉咙，“小心！”

树干前后摇摆，一开始很慢，然后越来越快。

一块块树皮往下掉，慢慢地打着圈落向地面。

粗大的树枝前后摆动，每一根都从中间开始弯曲。

从那些树节上。

我定定地看着。这些树枝让我想起了什么，一些很熟悉的东西。

胳膊，我想到的是，这些树节就像胳膊肘，树枝就是巨大的手臂，伸出来……

我眨了眨眼。难道是我眼花了吗？

树枝在伸展。

它们向奈特伸了过去。

“奈特！”我尖叫起来。

在很高很高的地方，我看到他抓住了一根细细的枝条。

“奈特！”我在大树底下，围着它转圈疯跑，一面用拳头猛砸树干。“奈特！下来！”我高声叫道，“这棵树会动！”

16 急中生智

奈特在树梢向我看下来。“怎么了?”他喊道。

“下来!”我尖叫，“这些树枝……”

已经来不及了。

上面的树枝抓住了奈特的手臂，将它们牢牢地摁在他的身子两边，他被吓坏了。

还有一些树枝用力挥动，打在他身上。

像鞭子一样，抽打着他。

“金吉儿!”奈特放声尖叫，“救救我!”

我该怎么办?

我满心的惊慌，看到奈特下面的两根树枝向上伸了过去，将奈特从高处接下来。

树枝将他裹住了，裹得紧紧的。

这不可能!我对自己说，怎么会有这种事情!

奈特在半空中蹬着两只脚，拼命地踢着大树。“放开我！放开我啊……”

更多的树枝伸了上去，有一些紧紧捉住了他，还有一些向他身上抽着，打着。

树枝一根接一根，将奈特向下传。

它们将他送下来，来到大树的中段。

那儿的树枝最密。

那儿的胳膊最强壮。

奈特大喊大叫，不停地踢着腿。树枝又开始缠住了他的双脚。

爬上去救他是不可能的。每一根树枝都在剧烈地摇动，就连最细最短的那些也是，虽然够不到奈特，也在极力地向上挺着，绷直了想抽他。

我束手无策地看着，那些最粗壮的树枝将奈特传到了大树的半腰上。

他不见了。

“救命啊！”他含混不清的声音飘到我耳中，“金吉儿——它就要把我吞下去啦！”

我一定要想个办法，一定要把他拉出来，把他从这棵活树手里救出来。

可是，有什么办法呢？

蛇已经被我们对付过去了，这棵树也一定要解决掉。

如果……

没错！

我有了一个大胆的念头。也许，也许它能成功。

如果这棵树是活的，那就说明它有感觉，我心想。

如果它有感觉，也许它就会怕痒——就像那些蛇一样！

“金吉儿！救命！”奈特的喊声渐渐微弱。

我知道，时间不多了。

我向树冲过去，一根树枝向下垂，朝我挥来。

我向后一跳避开，然后围着大树跑了起来。又一根粗枝想抽打我，我伏下了身子。

这棵树吞了我弟弟，又想把我赶走。但是我低着身子，躲在树枝抽打不到的地方。

我伸出手，轻轻地挠粗糙的树皮。

先是一只手挠，然后两只手一齐上。

它是颤抖了一下吗？它真的颤抖了吗？

还是我自己的想象？

求你了！我无声地哀求，求你了，求求你，放了我弟弟吧。

我的两只手更疯狂地挠着它。“奈特！”我喊道，“奈特！听到我叫你吗？”

寂静无声。

“奈特？奈特？”

没有回答。

17 偷袭

我没有罢手，更加起劲地挠着。

树干轻轻地抖起来。

我对着树干连戳带抓。一簇簇的树叶被摇掉了，飘落下来，落在了我的头发上、胳膊上。

我挠得更起劲了，树枝乱摇乱晃，树干扭动起来。

太棒了！我兴奋地想着，这招有用！它确实怕痒痒！

我要叫这棵树笑到倒下来为止！

我挠得越发起劲了，树干在我的手下扭个不停。

抬头望去，奈特的脚从树叶间伸了出来。

然后是双腿、胳膊，还有他的脸。

树枝动得厉害，又是颤抖，又是摇摆。

奈特获救了。他从这根树枝跳到那一根，爬树的本领终于派上了用场！

“快点!”我冲他喊道，“我坚持不了多久啦，跳!”

奈特抱着树干往下蹭。

“来喽!”奈特吆喝一声，松开抱着树干的手，向下一跳。

他弯着腰落在我脚边。“哇塞! 干得漂亮，金吉儿!”

我一把拉住他的手，急急忙忙离开那棵树。

奈特撣掉头上的细枝和树叶：“我看到了几头蓝毛巨兽!”

我咬住嘴唇。经过这番折腾，我都快把这场死亡游戏抛到脑后去了。

“我看到了三头，”奈特说，“弗莱格、斯波克，还有一头断了尾巴的，在那边。”他指指右面。

“它们在干什么?”我问。

“都躲在一块灰色的大石头后面呢，你可以偷偷摸摸走过去，不让它们知道，很容易的。”

“没错，”我眼珠一转，说了句，“小意思。”

“你肯定可以的，”奈特褐色的眼珠注视着我，“我相信你，金吉儿。”

奈特在前面带路，我们慢慢地在树林中前进，悄悄接近那块大石头。

天色已经变暗，感觉又冷了一些。我知道，夜晚就要来临，太阳很快就要消失在古拉柳树后面。

但愿时间还来得及。

“就是这块石头!”奈特压低嗓门说。

我看到一块小小的林间空地，中间有一块崎岖不平的灰色巨石。

它大得可以藏住十几头蓝毛巨兽。

我心跳加快。

“我就躲在这棵卷心菜后面。”奈特说。

他躲在那丛草后面，我跟了上去。要单独面对那些蓝毛巨兽，我还没作好准备。

我蹲下来，系紧鞋带，极力不去理会胃里的翻腾。

“偷偷溜过去就行了。”奈特小声说。

“你跟我一起去吧。”我求他。

奈特摇了摇头。“两个人一起去，动静太大了，”他说，“一个人更容易些。”

我知道他说得对。

而且，我告诉自己，这件事不难办。石头背后的蓝毛巨兽不知道我已经来了，我要做的，只是拍到其中一个。

一阵兴奋涌来，我办得到。

然后，这场游戏就结束了，我们就安全了。

我深深地吸了一口气。“准备好了吗？我要去了。”我小声说。

我蹑手蹑脚地向巨石走去，回头张望，只见奈特从卷

心菜后面探出头来，冲我竖起了大拇指。

再走几步就到巨石边上了，我屏住了呼吸。

灰色巨石巍然屹立在我面前。

我伸出手去，手指激动得直发抖。

我跳到岩石背后。

“我抓到你啦，”我大叫，“你当鬼!”

18 惩罚之石

“啊?”

我的手抓了个空。

它们已经走了!

没有蓝毛巨兽，只有许多破了的葫芦，散落在地面上。

我惊讶地眨了眨眼，飞快地绕到岩石前面。

没有蓝毛巨兽，它们离开了。

“奈特!”我大喊，“奈特!”

弟弟小步跑到岩石边。“怎么回事?”

“什么事都没有，它们走了，”我对他说，“你说怎么办?”

“嘿，”奈特应声道，“这可不是我的错。”

我呆呆地看着他，觉得失望透了，而且还感到害怕。

一股强劲的风吹过来，我抬头看了看天。太阳就要落下，天上浮着淡淡的几抹红霞。

我的心一紧，感到绝望。

“没希望了。”我喃喃地说。

奈特摇摇头。“你知道我们需要的是什么吗?”他问。

“不知道，是什么?”我回答。

“我们需要另想个办法。”

我不想笑都不行。奈特真是个讨厌鬼!

他斜靠在巨石上，皱了皱鼻子。“这是块什么石头?”他问。

“叫人毛骨悚然的石头。”我回答道。

奈特看着这块巨石。“上面长了东西。”他说。

“什么都不要碰。”我警告他。

但是，叫奈特不要去做什么，只会让他更想去做。

奈特把手指插进岩石上的一个洞里。

巨石抖动起来。

一道裂缝出现在岩石顶部，然后迅速向下延伸。

奈特慌忙拔出手指。

“怎么回事呀?”我大叫。

从岩石里面喷出了一股灰烟。

咔——啪嚓!

奈特和我弯下腰，双手捂紧耳朵。

爆炸声就像同时点起了一百万个烟花。

石头里冒出更多的灰烟。

我几乎看不见奈特了，而且被呛得直咳嗽，眼睛灼痛。

烟雾弥漫在空地上，包围了我们，又飘上树梢，过了好一会儿，才终于消散了。

这时，我看到了弗莱格，它正站在空地上。

斯波克出现在它身后，正搔着那只空眼窝。

后面还跟着另一头蓝毛巨兽，然后又是一头。它们都盯着我和奈特。

“你碰了‘惩罚之石’！”弗莱格大声说道。

奈特向我靠近一步。“啊?”

弗莱格向断尾蓝毛巨兽点了点头。“抓住他，格里布。”弗莱格咆哮一声。

格里布的长鼻子绷紧了，眼睛使劲鼓了出来。它伸手去抓奈特的胳膊。

“等等！住手，”我喝道，“奈特不知道碰它要受罚。”

“不公平！这不公平！”奈特嚷道。

蓝毛巨兽毫不理睬我们的抗议。

格里布一把抄起奈特，将他举在半空。“走吧。”他粗声说道。

格里布举着奈特，突然假装松手。

奈特尖声惊呼。

格里布和众兽发出难听的嘲笑声，互相拍打长毛的巴掌。

“别这样!”我尖声喊道，“放他走!”

“没错，是该走了，”众兽学舌道，再次互相击掌，“走喽！走喽!”它们唱歌似的说道。

我看着弗莱格。“叫它把我弟弟放下来。”

“他碰了惩罚之石，”弗莱格解释道，“就要受到惩罚。”

“可是我们根本不知道!”我反驳说，“你的破规则，我们一点都不知道！这不公平。”

我想抓住奈特乱踢乱蹬的腿。

“让我看看你的手。”弗莱格命令道。它抓住我的胳膊，将我的手拉到眼前，仔细端详我的掌心。

“纳布洛夫绚彩!”它认真地打量着我，“这个值五十分。你骗不了我，你以前肯定玩过这个游戏，早就知道规则。”

我看着自己的手。小棍子染的黄色，伞莎草染的蓝色，石头染的橘红色。这就是“纳布洛夫绚彩”?

“可是……可是……”我结结巴巴地说，“我不是故意弄的，只是凑巧了。”

弗莱格和斯波克交换了一下眼色。

“来。”弗莱格向格里布招了招手。

格里布将奈特甩到肩膀上，跟着弗莱格走进树林里，其余众兽跟了上去。

“金吉儿!”被蓝毛巨兽带走的奈特发出哀号。

我追着它们跑，完全不知道该怎么办好。

“停下！你们要把他带到哪里去？”我尖厉地大声叫道，“你们想对他干什么?”

19 身陷罚笼

我追在它们后面，脚下是一条很宽的路，两边排列着许多巨石。

都是惩罚之石吗?

我走在路的中间，不敢去碰它们。

蓝毛巨兽在一个隧道的入口前停了下来。入口就开在我见过的那块最大的岩石的一侧。它们低下头，快步走了进去。

我在后面跟着，心怦怦直跳。

“金吉儿!”奈特的叫喊声回荡在隧道壁上。

蓝毛巨兽又吼又叫，兴奋地呜噜呜噜吵个不停，有的一边走一边还猛捶隧道的顶部。

身边一切都在震动，墙壁、隧道顶还有地面。

“奈特!”我大声呼喊，在这一片喧闹声中，我听不到自己的声音。

我一路跟着蓝毛巨兽，走出了隧道，来到一片更大的空地上。

“那是什么?”我吃了一惊。

空地的中央，有一个木头笼子。它吊在树上，看上去就像一只巨大的鸟巢，一面还开着一扇小门。

门上挂着一个牌子，写着：处罚笼。

格里布将奈特高举在空中，举过所有蓝毛巨兽的头顶，让它们看个清楚，还转了一圈又一圈。

奈特大声尖叫着。

斯波克和众兽一边跺脚一边鼓掌。

“不!”我大吼，“你们不能这样!”

“必须把他关进笼子里，”弗莱格说，“因为他碰到了惩罚之石，这是规则。”

格里布将奈特关进处罚笼，砰的一声关上了门。弗莱格拿起一根很粗的树枝，插进坚固的木插销里，锁上了门。

奈特的手从木板缝里伸了出来。“金吉儿，”他哭喊道，“救我出来。”处罚笼在空中摇摇晃晃。

“别担心，奈特，”我喊道，“我一定会把你救出来。”我打了个冷战。他看上去好小，好可怜。

“你不能永远把他关在里面，”我对弗莱格说，“他什么时候会被放出来?”

“到我们吃他的时候。”弗莱格柔声地说道。

20 孤军奋战

“可是，我才是东方怪兽！”我反驳道，“你说过的，你要吃的是我。”我向它踏近一步。

“关在处罚笼里的游戏者也要被吃掉。”弗莱格露出厌恶的样子，不屑地说，“别假装忘记了，这一条谁都知道，是最基本的游戏规则。”

“肯定有什么办法能把他救出来。”我说着，又近了一步。

“除非他吃到‘地遁狼蛛’。”弗莱格解释说，搔了搔下巴底下的松皮。

“嗯？他得吃一只狼蛛？”我追问一句，又向蓝毛巨兽走近一步。

弗莱格眯起了眼睛。“你知道，别装模作样了。”说完，它想转身走开。

我扑向弗莱格毛茸茸的胸脯。

然后重重地拍了它一下。

“你当鬼!”我尖叫道，胜利地高举两只拳头，“你当鬼！我捉到你了!”

弗莱格扬起一边的眉毛。“对不起，”它平静地说，“我暂停了游戏，这个不算。”

“不!”我发出尖叫，“不能这样！你不能老改游戏规则!”

“我没有，规则就是规则，”弗莱格的手从我头顶伸过去，检查奈特笼子上的锁。它锁得很牢。

“再试一次，”斯波克粗声说，“你不要放弃哦。”

蓝毛巨兽纷纷赞同地点头，笑嘻嘻的，兴奋地喷着响鼻。它们在拿我取乐。然后这群蓝毛巨兽又惊天动地地离开了。

“金吉儿!”奈特叫喊着，用力捶打木笼，“快把我救出来!”

我束手无策地仰头看着他，根本够不到那么高的地方。

他从木板缝里看着我，褐色的头发搭在眼睛上。“快想办法呀。”他哀求地说。

“我会再试一次。”我说。

我能做的只有这个。

“你看得到它们吗?”我大声地问他，“它们向哪个方向去了?”

奈特伸手一指。“我看到几头藏在那边。”

“我会回来的，”我向他保证，“我拍到一个蓝毛巨兽马上就回来。”

我故意说得好像这是一件十拿九稳的事，如果连自己都能相信就好了。

“快点!”奈特在我身后喊道。

大风从空地上吹过，吹得笼子一阵摇晃。奈特弓着身子坐下，双手抱紧膝盖。

我最后看了他一眼，转身走了。

长长的阴影落在地上。我看着天空。橘红色的霞光已经变成了暗紫色，太阳就要完全落下去了。

我冲进越来越黑的树林里。

林子里铺了一层厚厚的落叶，就像地毯一样。到处都是动物在落叶上跑动的声响，窸窸窣窣的，好像急着在日落前赶回家中。

家，那儿是它们的安乐窝。

风呼啸着从林中穿过。我走得磕磕绊绊，差点儿绊倒在一根烂木桩上。

树林向我围拢过来，时间离我飞奔而去。

这时，我看到一头蓝毛巨兽躲在一丛伞叶树后面。它耷拉着肩膀，脑袋轻轻地上下起伏着。

听动静，它好像睡着了。

大好时机到了，我心想。

我慢慢走近它。蓝毛巨兽换了个姿势。

我停住脚，不敢呼吸。

它又安静下来，刚才可能只是在睡梦中翻了个身。

这是个好机会，我心想，再过一会儿，就轮到它当东方怪兽了。

我冲向前去。

却大吃一惊。

地面消失了。

我什么都没踩到。

只有空气。

我急速地往下掉，直往下掉。

掉啊……掉啊……掉啊……

一路尖叫不停。

21 落入陷阱

我落到实地上。

狠狠地。

摔得我只有出气没有进气。

肩膀硌到一块尖利的石头。

我喊出声来，揉着胳膊。

我用力吸着气，挣扎着坐了起来，向四周打量。

太黑了，什么都看不到。

完了，我心想，这个游戏玩完了。

“喂——上面有人吗?”我放声大叫，“听得到我吗?”

我停下来仔细听，看有没有什么回应，什么回应都好。

寂静。

我努力站了起来。肩膀好疼，我前后活动了几下，好让它灵便一些。

我伸出手，拍拍身边的墙壁，是硬硬的土墙。我好像是掉进了一个深坑里，类似人们捕猎时挖的陷阱。

现在我成了陷阱里的困兽。

我用手飞快地在墙上摸索，希望找一个能抓手的地方，想办法爬出去。

哇！这是什么？

我碰到一个从坑壁上伸出来的凉冰冰的东西。

我咬紧牙关，强迫自己再摸一下。它摸在手里感觉很结实。是一段树根，我兴奋地想。

不是什么活的东西。

我继续在坑壁上摸索，只要是能摸到的地方，到处都有树根。太好了！

我抬起脚，踩了踩最低处的树根，它支得住我。

这些树根可以当做踏脚，我能爬出这个坑。

我尽力伸长手臂，抓住高处的树根，爬了上去，松散的泥土扑簌簌地落下。

我紧贴着坑壁，更多的泥土顺着坑壁落下来，撒了我一脸。

我用力闭上眼睛，等着上面不再往下掉泥，然后，我摸到下一段树根，又往上爬了一步。

我已经离开奈特多长时间了？离太阳下山还有多长时间？

我的肩膀好痛，但是离爬出去还远着呢。我靠着坑壁稍微喘了口气，然后接着往上爬。

啪！

右脚踩住的树根断了，我的脚悬在空中。

啪！

右手的树根松脱了。

“啊！”我大叫一声，掉了下去。

我重重地落在坑底，躺了好一会儿才喘过气来。

抬头看去，最后一抹霞光照在洞口上。

在渐暗的光线中，我看看周围，看到了深坑四壁上那些派不上用场的树根。然后我又往脚下看去。

啊，惨了。

朦胧的光只够让我看到脚下的地面。

它是棕色的。

而且是方形。

这儿是“自由午餐区”。

我困在“自由午餐区”里脱身不得。现在蓝毛巨兽可以吃我了——想什么时候吃，就什么时候吃。

我魂飞魄散，全身僵直。这时，头顶上方传来了沉重的脚步声。

我缩在坑底的角落里，后背紧紧地贴着泥壁。

“这边！”弗莱格的叫喊声传来，“她在下面！”

22 无路可逃

弗莱格出现在坑口上，皱巴巴的松皮垂下来，眼睛死死地盯着我。

“找到你了!”它喊道。

斯波克的头从它旁边伸了出来，咧着嘴朝我笑，黄色的口水从嘴里滴下，落在我的脚边。

“下面的东西闻起来好香!”斯波克嚷道，“我好饿哦!”

格里布毛茸茸的脸从弗莱格和斯波克中间挤了进来。

它咂了咂嘴，我听到它的肚子里发出叽里咕噜的声音。

“搞定!”斯波克吼道，“把她拉出来! 开吃!”

我双手捂着脸。“求求你们，别伤害我，”我喊道，“我没害过你们呀。”

弗莱格耸耸肩："你玩了游戏，游戏就是有赢有输的。"

斯波克和格里布把胳膊探进坑里，巨大的爪子向我抓来。

我更用力地贴在壁上。"求求你，"我哀求道，"你们走吧，饶了我吧，你们赢了还不行吗？我所有的分数都给你们。"

"分数是不能送的，"弗莱格斥责道，"你明明知道。"

众兽赞同地发出呜噜声，向下来抓我。

我的眼睛在坑底到处搜索。

想找一件武器。

树根？

我从泥里拔出一条很粗的根。

"别过来！"我大喝一声，挥动树根去打它们的爪子。

蓝毛巨兽在彼此的后背上你拍我一下，我拍你一下，发出丑恶难听的笑声。

"你们会后悔的！"我威胁道。

我在开什么玩笑？这破树根伤不了它们，它们知道得很清楚。我是东方怪兽，是它们的一顿晚餐。

弗莱格探身进洞，大吼一声，爪子离我的脸只有几英寸。

我急忙一弯腰。

爪子从我的后颈掠过，爪尖刮到了我的皮肤。

我飞快地跳到一旁，胳膊上的汗毛都竖起来了。

如果我能像动物一样钻进土里就好了，我心想。

弗莱格又猛抓一把，再次从我面前掠过。“别再躲了，”它叫道，“你搞得我更加饿得发慌。”

“这不公平!”我尖叫。

它转过头去看着斯波克和格里布。“我受够啦，”它不高兴地说，“已经拖得够久的了。”

它圆圆的眼睛向我望下来，里面闪着饥饿的凶光。

“抓住她!”它一声咆哮。

斯波克俯身进洞，抓住了我的胳膊，指甲刺进了我的皮肉里。我被它猛力一扯，不由自主地站直了身子。

都结束了，我悲哀地想，游戏到此结束。

23 保命云

一片云从头顶上飘过来，投下一片深深的阴影，笼罩了坑口。

弗莱格大声嗥叫，一巴掌拍在自己宽大的额头上。“保命云!”它大喊一声。

斯波克松开了抓在我胳膊上的手。

我身子一软，跪倒在地。

“保命云!”斯波克喊道。

“保命云!”格里布喊道。

我站起身来，蓝毛巨兽的怒吼震得我脑子里一跳一跳地疼。

它们声势惊人地跺起脚来。

“怎么回事?”我问。

“现在，”斯波克带着满脸的憎恶回答道，“你没事了。”

没事了？我舒了一口气。

“可是……为什么?”我困惑地问。

“你有保命云，”弗莱格解释说，“我们不能碰你，这是个免死符，不过只能用一次。”

一次就够了，我这辈子都不想再玩这个游戏。

“这一次我们得放了你，”弗莱格咆哮着说，“不过你还是要当东方怪兽。”

“你还是得在太阳落下去以前，想办法拍到别人。”斯波克加了一句。

格里布叹了一口气，三头蓝毛巨兽向树林转过身去。“我们要走了。”弗莱格宣布。

“慢着!”我急忙从地上爬起来，“我怎么上去？困在这个坑里，我怎么拍得到别人?”

弗莱格转了转眼珠，然后伸出爪子，按了按坑口边的一块紫色石头。

坑底的地面嘎吱作响，发出呻吟。

它向上升起，越来越高。

最后它在中途突然停住，离地面还有几英尺。

我的眼睛正好对着蓝毛巨兽的脚脖子，还能看到发亮的小黑虫在它们的长毛里钻进钻出。我紧张地咽了一口唾沫。这又是个什么骗人的把戏吗？还是我真的安全了？

“得再帮帮忙，我还是出不去。”我对弗莱格说。

弗莱格又用力拍了一下那块紫色石头。

坑底又向上升，这一次正好停在和地面齐平的地方。

我跳出自由午餐区，蓝毛巨兽团团围住了我。

“太阳就要下山，”弗莱格警告地说，“游戏快要结束了。”

“你的时间不多了。”斯波克加了一句。

弗莱格嗤之以鼻，转过身大步走了。

“祝你好运。”斯波克急忙追上去，一面大声朝我说了一句。格里布也跟着走了，它们向石头隧道跑去。

“等等！”我大喊一声，拼命朝它们追去。

我跑进了石道里，蓝毛巨兽的动静从前面传来。它们吼叫着，喉咙里呜噜作响，用爪子在墙壁和隧道壁上乱刮，发出好大的噪声。

我看到它们冲出隧道，分头往不同的方向跑去。

我该往哪个方向追呢？时间可是不能再浪费了。

我朝弗莱格追去。

它在树林里一会儿消失，一会儿又出现，腾身跳过一丛丛灌木。

我气喘如牛，追得筋疲力尽。

弗莱格甩开大步。

它越跑越快。

我已经追不上了，张着嘴大口喘气。

“慢点儿!”我着急地大叫起来，“等等!”

弗莱格回头看了看，消失在树丛里。我停下来不追了。

头顶的天空变成了紫色，天很快就要黑透了。

我转过身子，急切地寻找别的蓝毛巨兽。

“哟——嗬！我在这儿!”我听到一声大喊。

我飞快地一个转身。

是斯波克，它站在两棵大树中间朝我招手。

我向它跑去。

斯波克笨重地沿一条弯曲的小路走去，我追在它身后。

不然还能怎么办呢?

突然，我绊在一块石头上，摔了个嘴啃泥。

等我挣扎着爬起来，周围的树林里静悄悄的。

早已没有了蓝毛巨兽的踪影。

我真想放声尖叫。于是我就叫了。

“弗莱格！斯波克！格里布！你们在哪儿?”我喊道。我怎么可能拍得到它们呢？我连它们的影子都看不到。

我的眼睛到处搜索。

那是什么？我更用力地看过去。

没错！一颗长着蓝毛的头！从一丛灌木后面露了出来。

我最后的机会。

我聚起全身的力量，向灌木丛冲去。

我伸出了手臂。

“拍到你了!”我大喝一声，“你当……”

24 失误

“呜哇!”小怪兽手脚乱蹬。

是蓝毛巨兽宝宝！唯一一头身高在三英尺以下的蓝毛巨兽，因为身高不够，不能参加游戏。

这不公平！我心想。

我的希望又破灭了。

我捡起一块石头，愤愤地朝树林里扔去。

“都跑到哪儿去啦?”我高声叫道，“快出来玩!”

小怪兽拍着巴掌，快活地咯咯笑。

我看着它。它怎么会自己在这里?

然后我脑子里灵光一闪。没错，是这样。

附近一定有成年蓝毛巨兽，负责看护它。它的身高总是超过三英尺的吧。

我可以拍它。

我抬头四顾。到处都是树木和岩石，每一处后面都可以藏身，够我找上一阵子的。

深深地吸了一口气，我静悄悄地走过一棵棵大树，朝每块岩石后面都看一眼。

咔嚓！我的脚踩在堆积的枯枝落叶上。

我站着一动不动，凝神等待。

寂静。

我继续前进。

一面侧耳倾听。

寂静。

我偷偷摸摸地向前走，附近肯定有蓝毛巨兽。

可是在哪儿呢?

这时，我听到了什么声音。

嘟嘟囔囔的声音。

声音从一块嶙峋的巨石后面传来，我躲在紧挨着岩石的一丛灌木后面。

我偷偷探出脑袋张望。

是斯波克!

没错！斯波克站在岩石后面，正喃喃自语，一面抓着鼻子上那道凹凸不平的伤疤。

我很容易就可以拍到它。

可是，这会不会又是一块处罚石?

会冒出烟来吗?

我可不想落到关在笼子里吊在半空的下场。

就像奈特一样，可怜的奈特。

我又深深地吸了一口气，向斯波克又靠近了一点点。

斯波克正回头往身后的树林里张望。“小怪兽，”它大声呼唤，“是你吗?”

我蹲在地上，等待时机。

我听得到自己的心跳，强迫自己不发出一点儿声音。

斯波克站在原地没有动，叹了一口气，嘴里又开始嘟嘟囔囔。

再走三步，我就可以拍到它。

两步。

我抹了抹额头上的汗珠。现在只差一步。

真不敢相信这是真的，斯波克完全没发现我已经到了身后。

我在它身上重重一拍。“你是鬼!”我尖叫一声。

斯波克大吃一惊，巨大的巴掌伸向半空，我觉得它好像快要晕倒了!

“我成功喽! 我成功喽!”我欣喜若狂地大叫起来。

我自由了!

奈特自由了!

斯波克含混不清地叫了一声，挺起了身子，耸立在我

面前。它没有半点沮丧的模样，可是它刚才明明输掉了游戏呀。

“你是鬼!”我又说了一次，“到你当东方怪兽了!”

斯波克懒洋洋地举起一只爪子，挠了挠空眼窝。

一股寒意冲上心头。如果斯波克要赖怎么办？

“对不住了，”斯波克慢条斯理地说，“这次不算。”

“喂——”我生气地大声说，“不准耍赖！我拍到你了，耍赖是小狗!”

斯波克看着我，好像我很滑稽似的。

出岔子了。

问题是哪儿不对呢？出什么岔子了？

它干吗不说话？

斯波克嘴角一撇，露出一脸坏笑。

25 得手

“你从西边拍到我，”斯波克悄声对我说，“不算数。”

轰一下，我的血直往脸上涌。“不公平！我拍到你了！我拍到你了！”我凄厉地大叫。

斯波克耸了耸肩。

“你一定要从东边拍我，记得吗？”斯波克笑得满脸起皱，小眼睛都快看不到了，“还是你当东方怪兽！”

我悲惨地呻吟一声。

我怎么忘了这件事？这是最重要的一条规则。

我的头一跳一跳地疼，全身都疼，心里难过极了，肚子还很饿。

斯波克站在那儿，笑得没了声音，全身打战。

我看了一眼慢慢变暗的天空。

慢着！

我爬到大石头上。太阳在我的身后往下沉，那儿是西方，我面对的是东方。

我仔细打量斯波克。没有弗莱格在身边，这个巨兽看起来没那么凶神恶煞的了，简直可以说得上没有危险。

本来，它是负责看管小怪兽的，结果怎样啦？它把小怪兽弄丢了。

现在，因为我犯了错，它笑得不亦乐乎，简直把我忘到脑后去了。

“喂，斯波克，”我喊道，“想玩一玩我的游戏吗?”

“可是我们这个还没玩完呢。”斯波克惊讶地眨着眼睛。

“我想暂停一下，再玩下去有点儿没劲了，对不对?”我问道，“我的游戏很好玩呢。”

斯波克抓了抓它那只剩下一个洞的眼窝，从里面抓出一只大个儿的黑虫子，随手扔掉。“你的游戏叫什么名字?”

“叫《我们都是木头人》。”我飞快地回答道。

奈特和派特最喜欢玩这个。

“我们在地上转圈子，等我喊停，就停下来不动——看谁能保持平衡，不摔跤。”

“听起来挺好玩儿，”斯波克同意了，“干吗不玩?”

“那好吧，”我说，“咱们试一试。转!”我大喊一声。

我们俩同时开始原地旋转。

我看看斯波克。它伸开两只手臂，不停地转着。

“快点!”我大声喊，“再快!”

斯波克转着圈子，越来越快。

它的尾巴在灌木丛上扫过，我闪到一旁。

斯波克的身子开始摇晃起来。

“暂停结束——游戏继续!”我大叫一声。

斯波克好像没有听到，它摇摇晃晃地撞到了一棵树上。

“停!”我喊道。

斯波克停下来不动了。

我跳上去，拍了它一下，很用力。

从东面。

“你当鬼!”我大声喊着往后退，“我从东边拍到你了！这回你当鬼了!”

斯波克用两只巴掌捂住了脸，闭上眼睛，看样子是头晕眼花。它叉开双腿，靠着大树稳住身子。

它伸出巴掌，打了自己一个耳光。“你得手啦。”它伸出疙疙瘩瘩的舌头，在嘴唇上舔了一遍，然后长长地吐了一口气。“我当鬼。”它承认地说。

“太好啦，太好啦，太好啦!”我大呼小叫，激动得直蹦高。

斯波克的后背靠在大石头上，有气无力地往下溜。

“我自由喽!”我尖着嗓门大喊大叫，一手握拳，用力挥动，“游戏结束。”

“我要去把奈特放出来，”我说，“该往哪边走?”

斯波克爪子一伸，指向我的右边。

“我们这就走!”我扬起脖子嚷了一句。

我这辈子还从来没这么开心过。

“好啦，斯波克，老伙计，”我眉开眼笑地对它说，“要跟你告别啦，再见喽!”

“没那么快，”斯波克说，“恐怕你一时半会儿还走不了呢。”

26 躲藏

“算了吧，”我说，“你可不能又改规则，没门儿!”

“你不能走，”它再说一遍，“太阳落下去之后游戏才结束。”它盯着我，一副不依不饶的神气。

我看看天空。紫红的霞光已经变得灰暗，剩下的时间不多，但对它们来说是足够的。

我决不再当鬼了。

我可以躲起来，一直等到天黑。可我躲在哪儿好呢?

“别傻呆呆地站着了，”斯波克警告说，“一不小心你又会被拍中。”

“才不呢，”我坚决地说，“我决不让这种事发生。”

没等我迈步，弗莱格从一棵树后面扑通扑通地走了出来，皱巴巴的皮挂在下巴底下直晃荡。

格里布慢吞吞地跟在它身后。

“她拍到我了！”斯波克告诉它们。

“我就知道！”弗莱格瞪着我，“我知道你以前玩过这个游戏。”

我怒气冲冲，双手捏成了拳头。我受够了。

这帮家伙逼着我玩它们的白痴游戏，现在我不会再输了。

弗莱格挥手赶我走。“我数到切尔，”它说，“之后我们就可以开始追你了。”

它转过身去，捂住眼睛。“格令……普罗……兹易……弗林……切尔。”它数道。

我别无选择，只能拔腿就跑。

别停，我对自己说，不要想别的，只管跑，找个地方躲起来。

“好了没有……我们来了！”我听到弗莱格的喊声。

在我身后，蓝毛巨兽连吼带叫，兴奋地发出呜噜呜噜的声音。

我猛一拐弯，离开小路，钻进树木之间又深又扎人的草丛里，纵身跳过一排卷心菜。

我的两条腿疼得很，脚板火烧火燎的。

可是我不能停。

必须先找一个藏身之处。

潺潺的流水声传入耳中，我一个急停，差点儿冲进水里。一条硕大的蓝鱼从水里跳起来，朝我的脚踝张嘴猛咬。

这里没地方躲，我转身又钻进林子里。

一股冷风吹到我的脸上，葫芦又奏响了那怪异的曲调。

“我来了!”斯波克的叫声从左边传来。

我跑得更急，它别想拍中我。

看看周围，往哪边跑才好呢?

石头隧道！就在几步之外的地方。

我一头冲进黑暗中。没有了蓝毛巨兽的吆喝和喊叫，这里面安静得让人觉得诡异，我慢了下来，踮着脚尖往里走。

钻出石道，我静悄悄地摸进密林中，重重靠在一棵树上，按兵不动。我极力不发出一丝声响，但我的呼吸声像抽风箱一样，可别让蓝毛巨兽听到才好!

短暂的一小会儿过去了。

我感觉到了周围的震颤，蓝毛巨兽来了。

我屏住呼吸，伏身躲在一棵伞叶树下。

又过了一会儿，弗莱格、斯波克和格里布冲出了石道，后面还跟着另外四头蓝毛巨兽。它们走过了我藏身的小树，冲进林子，继续前进。

我躲在那儿没动，直到确定它们真的走了。

四周安静无声。

我轻轻吐出一口气，从地上爬起来，舒展了一下身子。

有个什么东西在我的身后，向我冲了过来。

“不!”我大惊失色。

两条胳膊抱住了我的腰，我被一个东西摔倒在地。

27 重逢

我倒了下去，发疯似的乱踢乱打。

“别踢了，停下!”一个熟悉的声音喝道。

“奈特!”我尖叫一声，急忙转过身去，“奈特！你没事了！你怎么从笼子里跑出来的?”

“笼子？什么笼子?”弟弟眯着眼睛看着我。

“处罚笼啊，”我说，“奈特，你怎么逃出来的？是它们放了你吗?”

“我不是奈特，是我，派特。”

“派特?”我呆呆地看着他，然后扑上去，双手搂住了他的脖子。看见他从来没让我这么高兴过。

“你跑到哪里去啦?”我问他。

“还问我呢，”派特叫了起来，“你们跑到哪里去了？我到处找你们，这个林子叫人头皮麻得慌。”

他看了看四周："奈特呢，他到底在哪儿?"

"被关起来了，"我开始解释给他听，"嗯，蓝毛巨兽抓住了他，你跑进林子里之后，我们被逼着玩游戏，然后……"

"游戏?"派特叫了一声，不敢相信地摇了摇头，"我在树林里迷了路……你们俩却跑去玩游戏?"

"跟你想的不是一回事。"我说。

我环顾周围，看有没有蓝毛巨兽的影子。

"它们强迫我们玩，"我压低嗓门对派特说，"有点像拍人游戏，只是它们拿命来玩儿。我当东方怪兽，而……"

"噢。"派特眼珠乱转。

"是真的，"我说，"这个游戏很危险，你一定要相信我。"

"为什么?"派特耸耸肩，"你从来都不相信我，为什么我要相信你?"

"因为如果我们输了，就要被它们吃掉!"我告诉他。

派特爆笑起来。

"我是认真的!"我抓住派特的肩膀，狠命摇晃他，"我说的是真话！这个地方很危险，弗莱格和斯波克在追我，就是现在。"

派特身子一拧，甩开我的手。"是真的哦，弗莱格和斯波克，呜！呜！”派特直着脖子号起来。

“嘘！”我小声说，“小声点！”我把他拉到一丛伞莎草后面，“派特，你一定要相信我，它们到处都是，我们一不小心就会被逮住。”

“我猜，这个游戏八成是它们的主意吧？”他问。

“没错。”我回答道。

“并且它们还会说话，”派特接着说下去，“说的还是英语。”

“对，对，对。”我坚持地说。

“你比我想象的还要疯，”派特说着连连摇头，“奈特到底在哪儿？说真的。”

“嗷呜！”

粗重的咆哮震动了周围的岩石。“这边！”一头蓝毛巨兽吼道，“就在隧道附近！”

沉重的脚步声逼近，脚下的地面在颤抖。

派特震惊地瞪大了眼睛，伸手抓住我的胳膊。

“是它们！”我叫道，“现在你还不相信我？”

派特用力咽了咽唾沫，点了点头。“信，我信。”他好不容易才憋出一句。

“她在那边！”一头蓝毛巨兽叫道。

“它听到我们说话了，”我小声在派特的耳边说，“快跑！”

派特和我拔腿就跑。

我们在树林里飞奔，跃过一根根横在地上的原木，拨开伸到面前的树枝。

“这边!”我抓住派特的手叫道，“弯下腰。”

我们弯着腰冲进一片密集的树丛里。

斯波克轰隆隆地从我们身边走过。

我听到它咻咻地到处闻味道。

“它闻得到我们吗?”派特轻声问。

“嘘!”我竖起一根手指贴在嘴唇上。

我们在茂密的树木和草丛里潜行。

弗莱格出现了，直奔我们的方向。

我一拉派特，双手撑地，蹲了下去。

弗莱格迈着大步，走过我们身旁。

我知道，我们的处境很危险，更多的蓝毛巨兽会跟过来，我们随时会被其中一头发现。

我示意派特跟上。

我们向树木更密集的地方走去。

这儿的树一棵紧挨着一棵，草长得好深，走在里面什么都看不到。我伸出一只胳膊在前面探路。

我的手从什么东西上面扫过。

一个大东西。

暖呼呼的。

而且毛茸茸的。

28 松鼠狗的藏身洞

我腾地向后一跳，撞到派特身上。

我碰到了什么？

草丛分开，一个奇怪的东西弹了出来。

我从来没见过这样的东西。

它长着狗的身子，有德国牧羊犬大小，却有一张松鼠的脸。

真是难以置信，我心想。

它也会说话。“这儿来！快点！”它的嗓音尖厉刺耳。

它的松鼠鼻子抽动着，毛茸茸的狗尾巴两边甩。

可以相信它吗？

“这边来！”它尖声说道。

它举起一只脚掌，指着一丛长着橙色大叶子的植物。

派特往后退，但我慢慢向前走去，看到在那些巨大的叶子后面，有一个洞口。

“这个地方很隐秘。”我对派特说。

“这儿叫做藏身洞，”松鼠狗说，“藏身洞就是可以让人藏起来的地方，快!”这只动物为我们拨开了叶子。

地面震动。我回过头去，看到远处出现了蓝毛巨兽的身影。它们朝我们走来，走得飞快。

“还是听它的吧，派特。”我说。

派特犹豫不决。

我抓住他的手，拉着他跟我走，弯腰进了藏身洞。

这时，奈特摸到处罚石的情形又出现在脑海中，让我猛地打了个冷战。这个藏身洞真的安全吗?

扑通，扑通。

蓝毛巨兽走近了。

派特迟疑着直往后缩。

“她在哪里?”一头蓝毛巨兽叫嚣着问。我听出来是弗莱格的声音。

“肯定就在附近。”斯波克回答道。

松鼠狗待在洞外，松手放开了橙色的树叶。树叶弹回去，遮住了洞口。

派特和我蹲在里面，从外面谁都看不到。

我们紧紧地靠在一起。洞里的空气很潮湿，有一股酸臭的味道，我极力不去理会它。

我踡着身子靠在洞壁上，擦去额头上的汗水，盘腿坐在地上。“把自己弄舒服点儿，”我小声对派特说，“我们也许要在这儿待很久。”

脖子后面有点痒，我伸出手去挠。

耳朵也痒了。

我打了个寒战。

我用手扑打耳朵，有个东西爬到了脸上。

“哇!”我大叫一声，肩膀上被刺了一下。

我转过头去看派特，他也正在耳朵上、脖子上拍拍打打。

有什么东西嗡嗡地从我耳边飞过。

还有东西往我头发里钻，我用力摇摇脑袋。

我全身上下，每一寸皮肤都又痒又疼!

不止是我，派特也全身乱扭，这儿抓抓，那儿打打。

我跳了起来。“救命!”我喊道，“怎么回事？这个洞里有什么?”

29 虫子窝

“救命！”我拼命地到处乱抓，“救救我们！”

松鼠狗的脸从洞口伸了进来。

“这是怎么回事？”我乱扭乱跳，一面到处抓痒一面问道。

“我忘记告诉你们，”那个怪东西小声说道，“藏身洞也是藏虫子的地方！”

虫子！

“啊！”派特低低地发出痛苦的叫声，后背在墙上猛蹭，一边满头乱挠。

虫子铺天盖地，在墙上爬，在空中飞，满耳的嗡嗡嗡、吱吱吱、嚓嚓嚓。

它们在我的腿和胳膊上到处爬，落到我的脸上，钻进我的头发里。

我抓走脸上的虫子，手在胳膊和露在外面的腿上扫来扫去，虫子纷纷掉在地上。

派特挤到我身边来。“帮我赶走它们，金吉儿，”他惨叫着说，“救——命!”

“嘘!”松鼠狗的鼻子伸进洞里，“安静！它们来了，别出声，不然就被发现了!”

派特和我挤得更紧些。

我屏住呼吸，尽量不动弹。

我在心里默默地从一数到十，假装身上一只虫子也没有。

我闭上眼睛，想着我的房间，想着墙上的海报、舒服的架子床，想象自己躺在被窝里昏昏欲睡。

这时，我又想起了臭虫!

虫子在身上爬，不理会是不可能的，不去想它们也是不可能的。

受不了啦，我要挠痒痒，我要尖叫!

我一秒钟也坐不住了。

这时，我听见蓝毛巨兽的脚步声已经来到洞口。

我听到了斯波克的声音。“喂!”它朝松鼠狗吼道，“看到陌生人没有?”

斯波克认识这只动物吗?

它们是朋友吗?

“回答我。”斯波克命令道。

我等着松鼠狗的回答。千万不要说我们藏在这里，我暗暗乞求，千万不要。

一只圆滚滚、黏糊糊的虫子落在我的脸上，我用手指去捏它，它在我脸上吸得牢牢的。我加了点力气，但就是扯不下来。

一声尖叫憋在我的胸口。

我一秒钟也受不了啦。

我张大了嘴。

我要尖叫。不叫不行了！

30 意料之外

“啊——”

我用手紧紧地捂住了嘴巴。

细声细气地哼了哼。

橙色叶子哗哗响，弗莱格的爪子伸进了洞口。

我僵住了，耳边听到派特吸了一口冷气。

“里面有什么？”弗莱格问松鼠狗。

“虫子，”松鼠狗回答，“成千上万只虫子。”

上万只！我痛苦地在心里说。虫子爬上了我的脸、胳膊、双腿，在我耳边嗡嗡叫。

弗莱格的鼻子伸进洞里。

我连忙屏住呼吸。

弗莱格嗅了嗅。“这是什么臭烘烘的味道？”它抱怨地问。

“虫子味儿。”我听到松鼠狗回答道。

“臭死了！”弗莱格嘟囔一句，放开手，树叶又弹了回去。“里面只有虫子，”弗莱格对斯波克说，“没有人。”

“当然没有了，”松鼠狗冷静地说，“人往那边去了。”

“为什么不早说？”弗莱格大发脾气。

斯波克大声招呼其余蓝毛巨兽：“她们不在这里！那边，快去追！游戏只剩下切尔分钟了！”

“我会找到她的，”我听到斯波克对别的蓝毛巨兽说，“我一定要拍回她！从来没有哪个人，能叫我当东方怪兽！”

它们轰隆隆的脚步声向另一个方向去了。

只剩切尔分钟！我不能确切地知道切尔分钟到底是多久，但游戏肯定是快要结束了。如果斯波克不能拍到我，弟弟和我就得救了！

可是，在这个虫子窝里，我再也待不下去了。

我挪动颤抖的双腿，移到洞口。身上痒得钻心，我简直控制不了自己的身体！

我向洞外张望。“它们全都走了吗？”我悄声问松鼠狗。

“这会儿是走了。”它答道。

“咱们快出去吧！”我回头对派特说了句，像箭一样冲出洞外，他随后也跳了出来。

我们俩发疯一样拍掉皮肤上、衣服上的虫子，我一面双手在脑袋上乱抓，一面在树干上蹭后背。

派特在地上跺脚。“连鞋里都有虫子!”他叫苦地说着，解开鞋带，把鞋脱掉，然后鞋底朝天地用力晃。上百只黑色虫子落到地上，急急忙忙地爬走了。

“这痒是止不住了!”我也叫苦连天，“这辈子都得这么痒下去!”

“你们最好躲一躲，”松鼠狗发出警告，“它们可能还会回来，而这个藏身洞在同一场游戏里，只能使用一次。”

派特和我谢了这只奇怪的动物，然后再次走进密林中。

这一带我还没来过。走过一排很高的灌木后，我停下了脚步。

前方耸立着一棵巨大的柳树，枝叶低垂，拂在地面上。

难道这就是古拉柳树?

肯定是。

我看看周围，寻找可以躲起来的地方。柳树的后面有一长溜低矮的岩石。

只剩下几分钟了。

“快。”我低声说着，抓住派特，将他拉到了岩石后面。

“这一定是古拉柳树，”我告诉他，“等太阳落到树后面，我们就安全了。”

派特点点头，没有说话，剧烈地喘息着。他脸上发痒，伸手挠了挠。我们俩都还是痒得厉害。

“蹲下来，”我提醒他，“不要摸石头。”

我们不声不响地蹲在一起。

静静地等着。

我的心猛烈地撞击着胸膛，皮肤紧绷绷的，紧靠着弟弟缩成一团，同时竖起耳朵仔细听。

没有声音。

风声穿过树林，此外再没有别的声响。

“现在我们安全了吗?”派特颤抖着低声问道。

“还没有。”我抬起眼睛，望向灰色的天空。最后一丝晚霞散布在柳树上方的天幕。

快点！我催促太阳，快落下去！你还在等什么?

天色越来越暗，映衬着古拉柳树的天幕上，紫红色的霞光消失不见了。

天空一片灰暗，这是夜晚的颜色。

太阳已经落下。

“安全喽!”我大叫一声，跳了起来，转身用力拥抱派特，“我们得救了！我们成功了!”

我们从岩石后面走出去。

可就在此时，一只沉重的手掌重重地落在我的肩头上。

“你当鬼!”斯波克大吼一声，“你是东方怪兽!”

31 蓝毛巨兽的烧烤

“啊?”

我震惊地张大了嘴，肩膀上给拍得火辣辣的。

“不公平!”派特喊道，“你赖皮!”他瞪着围上来的蓝毛巨兽，在这之前，他还从来没有这么近地看到过它们。

“天黑了！太阳已经下去了!”我大声抗议，“现在拍我不算数!”

“游戏结束！游戏结束!”弗莱格大声吆喝。它从树丛里出现，快步向围成一圈的蓝毛巨兽走来。

我气愤地伸手指着古拉柳树：“太阳已经落到树后面，你不能再拍我了!”

“那时候游戏还没宣布结束，”斯波克冷冷地说，“你是知道规则的，要等弗莱格喊‘游戏结束’，游戏才算结束。”

众兽纷纷发出附和的呜噜声。

我紧紧地握起了拳头。“可是……可是……”我说不出话来，泄气地垂下了头。我知道，它们绝对不可能听我的话。

派特狠狠地咽了咽口水。“现在它们打算怎么办，金吉儿?”他轻声地问，“会伤害我们吗?”

“我已经告诉过你了，”我小声答道，“它们要吃掉我们。”

派特痛苦地叫了一声，张嘴想说什么，但已经来不及说了。

弗莱格走上前来，一把抓住我的腰，将我扛到了肩上。

血直往头上涌，我顿时头晕眼花。地面离我好远!

斯波克扛起了派特。

“喂!”我大声抗议，“放我弟弟下去!”

“他是你的同伙，”斯波克说，“同伙我们也是要吃掉的!”

“放我下来!”派特连连尖叫，“放开我!”

但巨大的蓝毛巨兽压根儿没理会他。

它们将我们俩扛到了一处空地上。

场地中间有一个巨大的石坑，里面燃着熊熊大火，黄色和蓝色的火苗直往天上蹿。

弗莱格将我放在一个树桩上，斯波克将派特放在我身旁。

蓝毛巨兽将我俩团团围住，一个个舔嘴咂舌，谗涎直淌。

耳边一阵阵轰鸣，我还以为是打雷，但马上又明白了，那是它们饥肠辘辘的肚子里发出的巨响。

“今天是星期福，”斯波克说着，满脸堆笑，“每到星期福，我们都要吃烧烤。”

我艰难地咽下一口唾沫，看着冲天的火焰，交叠双臂，紧紧地抱住了自己。

斯波克拿起一根长长的铁棍，在火堆里捅了捅。

它用铁棍指着我。“啧啧。”它咧嘴一笑，揉着自己的肚子。

我好一阵恶心。

格里布拖着一只巨大的铁罐来到火堆边，将它架在火上。

弗莱格从周围的树上摘了些葫芦，掰开后将黄色汁液倒入罐中，又采了一些枝枝叶叶，也扔进了罐子里。

格里布在罐子里搅个不停。一股酸臭的腐烂味儿从里面飘了出来。

“汤已经准备好了。”格里布说。

我转身看着派特。“对不起，”我颤抖着说道，“我输了，我很遗憾。”

“我也是。”他小声地说着，眼睛死死地盯着火焰。

众兽鼓噪起来：“星期福，星期福，星期福。”

“谁带了烧烤汁？”斯波克问道，“我快要饿死了！”

弗莱格双手提起我，走向那个沸腾的铁罐。

32 自投罗网

“啊！慢着！住手！”

一个熟悉的声音在空地另一头喊道。

我猛地抬起头，四处张望。“奈特！”我尖叫起来。

“金吉儿！”奈特大叫着向我们奔来，一面挥舞着手臂，“怎么回事？它们要干什么？”

弗莱格将我放在地上。“奈特——”我尖叫，“快逃！去叫人来！快！”

他在空地中央停住了：“可是，金吉儿……”

“它们会连你一块儿吃掉的，”我扯着嗓子尖叫，“快跑啊！”

“抓住他！”斯波克朝其余的蓝毛巨兽大喝一声。

格里布和几头蓝毛巨兽向奈特追去。

奈特急忙转身，冲进树丛里不见了。

我束手无策地看着蓝毛巨兽向他追去。

不要找到他，我交叉手指，暗暗祈祷。追过去的蓝毛巨兽有十头！

奈特逃得掉，我对自己说，他会爬到树上，甩掉它们，然后跑出去寻找援助。

派特和我一起，紧紧盯着黑压压的树丛，等待着。

“噢，不要啊！”我发出长长的哀号。蓝毛巨兽从树林里回来了，其中一头肩膀上扛着奈特。

奈特又踢又打，但无法挣脱。

蓝毛巨兽砰的一声，将奈特在我和派特身边抛下。奈特脸朝下，重重摔在地上。

现在，它们将我们三人一网打尽。好一顿大餐！

斯波克和弗莱格盯着我们，谗相毕露。格里布伸出舌头，在长长的獠牙上舔来舔去。

我在奈特身边无奈地倒下。“你是怎么跑出来的？”我问他，“用什么办法逃出那只笼子？”

奈特一屈身坐了起来。“不是很难，”他哼哼唧唧地说道，“那些木板不太结实，我不停地撞啊，撞啊——撞出一个足够大的口子，然后就出来了。”

“你真不该跑过来，”我对他说，“应该逃走，这回它们会连你也一起吃掉。”

奈特抬起眼睛，看了看铁罐，又看看熊熊的火焰。

“我……我不想再玩下去了。”他结结巴巴地说。

“奈特，”我悲哀地小声说道，“恐怕这游戏是快结束了。”

33 双胞胎的分身术

“安静！”弗莱格喝道，“晚餐时……不准说话！”它盯着奈特。

接着，弗莱格眯缝了眼睛，歪着头，跟斯波克和格里布说着什么。

其余的蓝毛巨兽朝我们聚拢来，视线在派特和奈特俩人身上扫来扫去。然后，它们彼此窃窃私语，毛茸茸的大脑瓜摇个不停，突起的嘴部一上一下地，随着交谈此起彼伏。

“你分身了！”斯波克对派特说，“你完成了一个‘超级克隆’！”

我看着蓝毛巨兽，仔细观察它们震惊的表情。难道，它们从来没有见过双胞胎？

“你把自己变成了两个！”弗莱格嚷道，“这是个‘超

级克隆’，为什么不早告诉我们呢？”

“呃……告诉你们什么？”我问。

弗莱格注视着我。“为什么不跟我们说清楚，你们已经是三级玩家了？”

我和弟弟们你看我，我看你，摸不着头脑。

“你们不该玩这个游戏。”斯波克摇着头说。

“如果你能分身，说明你已经达到了第三级，”弗莱格说着，拍了拍毛茸茸的额头，“我输了！为什么不早点告诉我们？”

“这个，我不是早就跟你说，我们不想玩嘛，”我抢白道，“可你就是不听。”

“我很抱歉，”弗莱格向我们道歉，“我们只是初级玩家，还是新手，比不上你们这些高手。”

“高手？”派特喃喃地说着，朝我转过脸来，眼珠滴溜溜一转。

“所以我们只能在白天玩，”弗莱格解释说，“我们没有在晚上玩的功力。”

身边的众兽嗡嗡低语，纷纷摇头。

“当然了，我们现在得放你们走了。”弗莱格挠着松垂的下巴说道。

“嗯，那当然。”我叫道。我快活得想狂蹦乱跳，想大喊大叫，但终于还是克制住了。

“就这样?”奈特冲弗莱格大声问道，“我们自由了?”

“没错，再见。”弗莱格揉着肚子，愁眉苦脸地说。我听到它的肚子在叽里咕噜地响。

“别再问了，”我对奈特说，“咱们快走吧!”

“再见。”弗莱格又说了一遍，挥动两只爪子，好像想把我们赶走似的。

我一跃而起，什么累啊、怕啊、痒啊、脏啊，通通消失得一干二净。

这一次，游戏是真正结束了!

“我们怎么才能找到爸爸妈妈?”我问道。

“容易，”弗莱格回答说，“顺着小路一直走，”它伸手一指，“穿过树林，就能回到你们的世界。”

我们大声向它们道别，然后转身就走了。狭窄的泥巴小路弯弯曲曲，在树林里伸向前方，银色的月光在地面跳跃飞舞。

“我真高兴你们俩是双胞胎!”我大声地说道。

我以前可从没这样说过！但这话确实发自内心，他们俩救了我们三个人的命!

林木越来越稀疏，一轮满月升上了黑幽幽的树梢。我感觉我们正奔向月亮，奔进它温暖而皎洁的光辉里。

“爸爸妈妈永远不会相信这个故事。”我说。我要把惊心动魄的每一个细节都告诉他们。

“由不得他们不信，”派特说，“这可是真事。”

我猛地加快步伐，向前冲去。弟弟们也加了把劲，跟在后面。

我迫不及待地想回去，爸爸妈妈一定担心极了。

“啊!”我大吃一惊，硬生生地停住了脚步。

派特和奈特撞到了我身上，我们三人好不容易才没有跌成一团。

树后闪出一头庞然巨兽，挡住了去路。

它交叉毛茸茸的臂膀，抱在宽阔无比的胸前，一双玻璃珠子般的眼睛冷酷无情，俯视着我们，突起的嘴巴反射着光亮。它咧开嘴，发出一声咆哮，赫然露出长长的獠牙。

这一回，我可不怕它了。

“闪开，”我命令它，“你必须给我们让路，我和我弟弟都是三级玩家。”

“你们玩到三级啦？嘿，太好了！我也是!”巨兽一声欢呼，“拍中你了！你当鬼。”

预告

离 魂 狂 犬

（精彩片段）

20 连夜行动

“我不明白！”菲姬的声音都有些发抖了，“你爸妈呢？米基呢？”

我带着她穿过门厅，朝着狗叫的方向走去。

“告诉过你了，”我小声说，“他们听不到，我也不知道为什么。除了咱俩，没人能听到！”

我们进了客厅，惊讶得屏住了呼吸。

黑暗中，两双血红的眼睛正闪闪发光。

我伸手想拿起太奶奶留下的那盏台灯，一不小心却把它碰倒了，哐当一声摔到了地上。

狗狂吠不止。

菲姬抓住我的肩膀，双手不停地颤抖。

“开灯，开灯！求你了！”她可怜兮兮地喊道。

可没等我摸到开关，灯却啪的亮了起来。

我们飞快地转过身去，只见妈妈正站在楼梯上，瞪着我们："库珀！玛格丽特！你们两个到底在干什么？"

"是狗，妈妈！"我大声说，"看见了吗？它们……"

"什么狗？"妈妈质问道。

我立即回过身去。

没有血红的眼睛，没有狗。客厅里除了我和菲姬，什么也没有。

"唉，你妈肯定很不高兴。"我们拖着沉重的步子回房间时，菲姬小声对我说。

"现在你相信我了，对吧，菲姬？"我问，"你亲耳听到狗叫了。"

"没错，"她点点头说，"这里确实有狗。"

"回屋睡觉去！"妈妈严厉地喊道，"别磨蹭！"

"好吧，妈妈！"我答应着。又转回来对菲姬说，"明早咱们去林子里看看，狗一定躲在什么地方了。"

"好主意！"菲姬欣然答应，"明天见。"

回屋后，我怎么也睡不着。我坐在床上，拿起一个棒球抛着玩，百无聊赖地看着闹钟上的数字一个接一个地蹦。

满脑子全是那些狗。今晚它们肯定来过这里，而且，菲姬也听到了。

可是，它们究竟是怎么进出我家的呢？

怎么会一转眼的工夫就消失得无影无踪呢？

还有，它们为什么总缠着我？为什么？

我扔下棒球，轻手轻脚地来到门厅。

我轻轻敲了敲菲姬的屋门。

“是我，能进来吗？”

“怎么了？”她打开门，小声问道。

“听着，”我说，“我等不到明天了，咱们现在就去找那两条狗吧。”

菲姬眯起眼睛沉思了片刻：“那……那太危险了！”她结结巴巴地说。

“顾不了那么多了，”我说，“咱们走吧！”

21 落入魔爪

几分钟后，我和菲姬带着手电，偷偷摸摸地进了后院。

今晚没有月亮，连一颗星星也看不见，整个夜空笼罩在寒冷的薄雾中。

我们俩都在发抖。

我用手电照了照地面，想看看有没有狗的脚印。

没有，和以前一模一样。

“它们怎么从来都不留下脚印呢？”我轻声嘀咕道。

菲姬耸了耸肩，没接茬儿。我知道，她跟我一样害怕，她正寸步不离地紧跟在我身边。

我把手电光打到健身架上，正准备低头看前面的路，突然，脚脖子被什么东西抓住了。

“啊！”我惊叫一声，一下摔倒在泥地上。

我又是扭又是踢的，试图挣脱开。

“快帮帮我！”

菲姬冲过来刚想帮我，却扑哧一声笑了起来。

“真是个傻瓜！不就是被水管缠住了吗？”她叫道。

“有什么可笑的，”我嘴里狡辩，心里却暗自庆幸，多亏天黑啊，没被她看见自己闹了张大红脸，“有可能我摔断了腿呢！”

菲姬弯下腰来，正帮我拉开水管，突然却停了下来，一动不动。

“听到了吗？”她问。

“什么？”

“你听！”

我们在黑暗中静静地等了一会儿，连大气都不敢出。

我也听到了。

吱吱嘎嘎……

像是从屋子那边传来，轻轻地，感觉像是一扇旧门在一开一合。

我们小心翼翼地向声音传来的方向走去。没想到，在靠近地面的墙根，竟发现了一扇小小的窗户，这可是我以前从来没注意到的。

“是通到地下室的，”我探头张望了一下，“你说那两条狗会不会就是从这里溜进屋子的？”

菲姬没回答我。

“菲姬?”我喊了一声。

还是没有答应。

一股凉气蹿上我的后背。

我飞快地转过身去。

正在这时，一个黑影向我扑来。

我吓了一大跳，顿时摔倒在地上，后脑勺狠狠地撞到了墙上。

那个黑影纵身一跃，跳到了我身上。

我被死死地按倒在地。

一股酸臭味顿时充满了我的鼻腔。我拼命挣扎，想要爬起来。

可我一动也动不了。

那家伙喘着粗气，嘴巴张得大大的，热烘烘的口水滴滴答答地流到我脸上。

我落入了那条大狗的魔爪。

它会怎样处置我?

预告

变异人来袭

（精彩片段）

9 难以置信

第二天下午放学后，我得跟妈妈去购物中心买运动鞋。通常情况下，我至少要试穿十几双，再软磨硬泡地要妈妈给我买最贵的那双。你知道啦，就是那种带气垫的，走起来有弹性或闪闪发光的那种。

但这回不同，一进店门看到的是一双普通的黑白两色锐步运动鞋，我二话没说就买下了。你想啊，隐形大幕正等着我去揭开呢，谁有心思想鞋的事啊！

从购物中心回家的路上，我跟妈妈聊起了那幢楼。可没说几句，就被她打断了。

“要是你对学习也像对那些无聊的漫画一样感兴趣，那该多好！”妈妈唉声叹气地说。

她老把这句话挂在嘴里。

“你上一次读正经书是什么时候啊？”她又说。

这是她老生常谈的第二件事。

我试着改变话题。

“今天自然课上我们解剖了一条蚯蚓。”

妈妈露出了厌恶的表情。

“你们老师闲着没事干啊？切开那些可怜的蚯蚓做什么?!”

看来，今天是没法让妈妈高兴了。

第二天下午，我穿着新运动鞋，着急地跳上了公共汽车。投币时，我一眼就发现了坐在车后部的丽碧。车子摇摇晃晃地启动了，我跌跌撞撞地穿过过道，一屁股坐在她的身旁，顺手把书包往地上一放。

“我要去那幢楼那儿，”我上气不接下气地说，“我知道那幢楼被一张隐形大幕罩住了。”

“你怎么从来都不知道跟人打招呼？”她翻着白眼抱怨道。

我随口说了声“嗨”，然后又说了一遍隐形大幕的事。我告诉她说，我是在最新一期的《蒙面异形人》里得知的，那也许能为我们解释现实生活中的怪事提供线索。

丽碧用心听着，眼睛一眨也不眨，身体纹丝不动。看得出来，她总算开始理解为什么我对找到那幢楼那么感兴趣了。

等我解释完，她伸出一只手，放到我额头上，说：“好像并不烫啊，有没有看心理医生啊？”

“说什么呢？”我一把推开她的手。

“有没有看心理医生？你完全疯了！知道吗，你在发疯！”

“我没疯，”我说，“我能证明给你看，跟我来吧。”

她往车窗边上挪了挪，似乎要跟我保持距离。

“没门儿，”她板着脸说，“简直不敢相信，我竟然会跟一个把漫画当真事的男孩坐在一起。”

她指着窗外说：“喂，赛基珀，快看！一只复活节兔宝宝！他正准备把鸡蛋交给牙仙女呢！”

说完，她便笑了起来。笑得非常卑鄙！

“哈哈！”我恼火地干笑两声。我这人还是很有幽默感的，可再有幽默感，我也不喜欢被一个收集《高中生哈里和好朋友豆子头》的小丫头嘲笑。

车到站了。我提起书包，挤出后门，丽碧紧跟着我下了车。

车尾喷出一股黑烟，驶离了车站。我朝街道对面望去。

眼前没有楼房，只有一大片空地。

“喂！”我转过身对丽碧说，“你到底去不去？”

她撅起嘴，一副若有所思的样子。

“去那片空地？赛基珀，要是那里什么都没有，你不觉得自己很傻吗？”

“那就算了，你回家吧。”我毫不客气地顶了回去。

“好吧，我去。”她冲我咧嘴笑道。

于是，我们穿过马路，可差点儿被两个比我们大几岁的孩子骑车撞上。

“没撞上！”其中一个大喊了一声。另一个大笑了起来。

“怎么才能穿过那张隐形大幕呢？”丽碧问道，她的声音听起来似乎很严肃。不过，从她的眼睛里我还是看得出来，她正在笑话我呢。

“漫画书里的人是直接穿过去的，”我回答道，“用手是感觉不到的，它就像是一层烟雾，只要穿过去，就能看到大楼了。”

“好吧，咱们试试吧，”丽碧把马尾辫往后一甩，说，“咱们早点干完，行吧？”

我们俩肩并肩地穿过人行道，向那片空地走去，一步，一步，又一步……

“简直难以置信，我竟会干这种傻事，”丽碧牢骚满腹地一边往前迈步，一边说，“难以置信，我……”

突然，她停了下来。

因为那幢大楼刹那间出现在了我们的眼前。

“啊！”我们不约而同地大叫一声。她紧紧地抓住我的手腕，把我捏得生疼，她那双手冰冷冰冷的。

我们就站在离玻璃门不远的地方。那幢粉红色外墙、翠绿色屋顶的大楼就矗立在我们面前。

“你……你说得没错！”丽碧连话都说不利落了，双手还是死死地捏着我的手腕。

我使劲咽了一口唾沫，刚想张口说话，但嘴巴突然干得要命。我咳了一声，可还是说不出话来。

“现在怎么办？”丽碧盯着那粉色的墙壁问。

我还是一句话都说不出。

漫画书里说的是真的，我心想，的的确确是真的！

这就是说，这幢楼真的属于蒙面异形人吗？

打住！我警告自己，别急，要放松。因为我的心跳得比旋风小子跑得还要快。

“怎么办？”丽碧很不耐烦，又催问我，“离开这儿，行吗？”

这回，她听起来是真害怕了。以前可从来没有过。

“不行！”我斩钉截铁地说，“走吧，咱们进去！”

她使劲拖住我。

“进去？你疯啦？”

“必须得进去，”我坚持说，“走吧，别想了，走吧！”

我深深地吸了口气，拉开那扇重重的玻璃门，飞快地溜了进去。

欢迎来到
Goosebumps
鸡皮疙瘩
俱乐部

鸡皮疙瘩俱乐部，进行时！……

下面的这段话你要牢牢记住哦。瞪大眼睛看清楚，可能你的人生会就此转变。

你是不是在生活中经常遇到一些惊险、有趣的事呢？把这些让人起鸡皮疙瘩的故事告诉我们吧。参加"我不怕——"主题征文大赛和勇敢者宣言征集，你的作品将有机会入选《鸡皮疙瘩"我不怕——"主题征文大赛获奖作品选》，本书将由接力出版社于2010年12月正式出版，你还将有机会获得著名作家的亲自点评。

大赛指南

一、选手资格

凡购买"鸡皮疙瘩系列丛书"的读者，持有本页左下方的"我不怕——"标志，即可成为选手。

二、参赛要求

1. 以"我不怕——"为题，发挥你的创意或者记录你身边的惊险故事，字数500—1000字。
2. 以"勇敢"为主题，说出自己的勇敢宣言。字数不超过50字。

三、参赛方式

选手将作品和"我不怕——"标志一起寄到北京东城区东中街58号美惠大厦3单元1203室接力出版社"鸡皮疙瘩"编辑部，邮编100027。来信请留下详细的通信地址和邮编。应广大小读者的热切期望，本活动截止时间至2010年8月31日。

四、评选和奖励

获奖作品将入选《鸡皮疙瘩"我不怕——"主题征文大赛获奖作品选》，本书将于2010年12月由接力出版社正式出版。获奖名单及入选作品将于2010年10月在全国重要媒体和接力社网站上公布。

特等奖20名
获奖征文将得到著名作家的亲自点评，入选《鸡皮疙瘩"我不怕——"主题征文大赛获奖作品选》图书，作者获稿酬50元，由接力出版社赠送样书两册。

优秀奖100名
获奖征文入选《鸡皮疙瘩"我不怕——"主题征文大赛获奖作品选》图书，作者获稿酬50元，由接力出版社赠送样书两册。

鼓励奖500名（仅限勇敢者宣言）
接力出版社赠送《鸡皮疙瘩"我不怕——"主题征文大赛获奖作品选》样书一册。

欢迎参加！

《鸡皮疙瘩"我不怕——"主题征文大赛获奖作品选》将收录100篇获奖优秀征文、500个勇士的宣言）

网络独家支持：  腾讯儿童 KID.QQ.COM http://kid.qq.com/jp

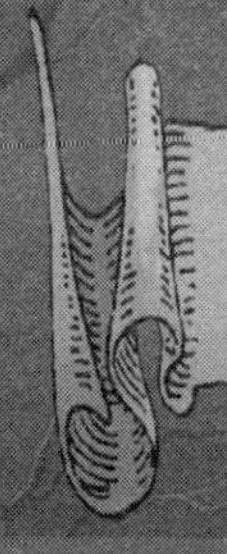

“神奇力量值”寻找行动
——有奖集花连环拼图游戏

奖品和奖励

来看看这些诱人的奖品吧，这是对勇敢者的犒赏！还等什么，赶快行动吧！

特等奖1名： 升学大礼包，价值3000元

一等奖5名： 名牌MP4一个，价值500元

二等奖50名： 超酷滑板一个，价值100元

三等奖500名： 接力出版社获奖图书一册

（以下十种任选一本）

《黑焰》、《万物简史》、《舞蹈课》、《亮晶晶》、《亚瑟和黑暗王子》、《来自热带丛林的女孩》、“淘气包马小跳系列”一册、“小香咕新传”一册、“魔眼少女佩吉·苏”一册、“秦文君花香文集”一册

玩家提示

想征服斯坦的魔幻世界吗？想成为名副其实的勇士吗？来考查一下你的力量值吧？本批“鸡皮疙瘩系列丛书”中隐藏了行动力、意志力、想象力、观察力、自控力、思考力、应变力、创新力等八种神奇的力量，只有具备了这八种力量，才能在“鸡皮疙瘩”的惊险旅程中行进得更远。勇士们，擦亮眼睛，来找出这八种神奇力量标志吧！

游戏指南

收集分散在八本书中的八个标志，寄到北京东城区东中街58号美惠大厦3单元1203室接力出版社“鸡皮疙瘩”编辑部，邮编100027，即可参加抽奖，本活动截止日期为2010年6月30日。

思考力 奖

神探赛斯惊险档案

1

羊皮纸之谜

神探赛斯轻轻地打开暗室的门，眼前呈现的是黑暗而巨大的地下广场。赛斯将微型手电叼在嘴上，照着手中的地图——这份地图是华盛顿时报的比格先生卖给他的——他们只知道这地图具有历史价值，却不清楚到底意味着什么，直到他今天下午有些自暴自弃地将地图折叠成一架纸飞机时，才惊讶地注意到折痕凑成了一幅新的地图，而指向的位置则是已经被废弃了几十年的地铁广场。

现在，赛斯悄悄地沿着铁轨向深处走去，他一边走一边估算路程，最后在一节车厢跟前停了下来。车头下面的地板上，隐约有一个地洞，但洞口太小，伸不进手。他双臂用力，总算是挪动了车头。

地洞完全暴露出来，他蹲下去，在洞中的泥土里取出了一个肮脏的皮袋子，里面装有几张泛黄的羊皮纸。上面记载的内容让他大吃一惊，那似乎和发生在七十多年前罗斯福总统时代的多宗政府高官谋杀案有关。

就在这时，赛斯被一阵嘈杂的声音惊动，有几个巡逻人员走了进来。他来不及多想，连忙将羊皮纸揣在怀里，爬上了列车，顺势蹿上天花板上的一排废弃管道。

巡逻人员在广场里继续搜索，赛斯则试图从他们的头顶上悄无声息地爬过去。就在这时，老旧的管道断裂了，赛斯暴露在了全副武装的巡逻员之间。幸运的是，废气随着断裂的管道喷薄而出，借着这个机会，赛斯顺利逃出……

重新回到地面的赛斯迫不及待地找到比格先生的家，通知他这个惊人的发现，但房门敞开，比格先生的脑门上有一个弹孔——他已经被人杀死了……

杀人的究竟是谁？这和跟随赛斯进入地下广场的武装人员有什么关联？这些羊皮纸到底意味着什么？赛斯自己的人身安全是否存在危险？这一连串的问题似乎都没有答案。

那么，各位亲爱的小读者，赛斯将采取一系列的行动，你来为他的行动安排一个先后顺序吧！（完全按照你的喜好进行排序，答案不分对错。）

A.赛斯选择销声匿迹一段时间，毕竟安全最重要，当然了，他通知了自己的女友一起逃亡。

B.赛斯多方打听，看看这段时间谁联系了比格先生，凶手必须为比格的遇害付出代价！

C.立刻将羊皮纸上的信息公之于众！

D.回到自己常去的酒吧，喝酒稳定情绪，并将这次探险告诉别人。

说明：不同的选项代表不同的意义，表示生活中各种事件在你心中的受重视程度。人们很难同时满足自己的多重需要，因此，像神探赛斯那样作出选择吧！看看你究竟最终是什么。

解析：

A.代表安全和感情。在危急时刻选择逃亡没有什么可丢脸的，你得保证自己和亲友的安全，才能从事更多有意义的事情，这无可厚非。把这个作为第一项的人，在生活中重视

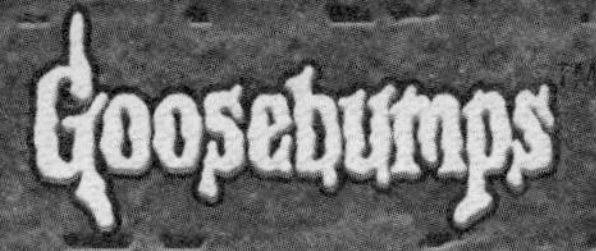

亲情、友情，是很受欢迎的那类人。

B.代表公平和正直。你在意生活的公平与否，无论是自己还是别人，获得公正的待遇对你来说十分重要。把这个作为第一项的人，是个正直善良的人，你总是对他人很好，希望以自己的切身行动，让他人更开心。

C.代表真相和秘密。这并不意味着你必须窥探他人的隐私，但你很在乎事情的真相，不喜欢自己受到蒙蔽的感觉。把这个作为第一项的人，在未来更有可能出人头地，你对于研究工作的热情超乎想象，期待有那么一天，你成为超越赛斯的“冒险家”！

D.代表虚荣。严格地说，如果你将虚荣排在第一位的话，那可能就需要进行一下反思了。毕竟在这种危急时刻，向别人炫耀不该是最重要的事情。

呵呵，作者本人的排序是BACD！

赛斯机密档案

姓名：赛斯
年龄：4×9÷3–6+8+10
基因：变异基因
职业：私家侦探
性格特点：冷静、冷酷、冷峻
特殊喜好：凌晨三点在路灯下看“鸡皮疙瘩”
被人崇拜程度：orz

本测试题由著名心理咨询师、原中央教育科学研究所心理研究员孙靖（笔名：艾西恩）设计，插图由著名插画家马冰峰绘画。

情报站

1995年　“鸡皮疙瘩系列丛书”改编成电视剧，在美国连续四年收视率第一

1995年　“鸡皮疙瘩主题乐园”落户美国迪斯尼乐园

1995年　R.L.斯坦获选美国《人物》周刊年度最有魅力人物

2003年　“鸡皮疙瘩系列丛书”被吉尼斯世界纪录大全评定为销量最大的儿童系列图书

2007年　R.L.斯坦获得美国惊险小说作家最高奖——银弹奖

2008年　“鸡皮疙瘩系列丛书”电影改编版权被美国哥伦比亚电影集团公司买断并将翻拍成好莱坞大片

桂图登字:20－2008－017

Copyright © 1996 by Scholastic Inc. All rights reserved.
The Goosebumps book series created by Parachute Press, Inc. Published by arrangement with Scholastic Inc., 557 Broadway, New York, NY 10012, USA.
GOOSEBUMPS, [鸡皮疙瘩] and logos are trademarks of Scholastic, Inc.
Simplified Chinese Edition Copyright © Jieli Publishing House
All rights reserved.
本书中文简体版权由博达著作权代理有限公司代理

图书在版编目（CIP）数据

万圣节惊魂·蓝毛巨兽/(美）斯坦（Stine，R.L.）著；周玉军译. —南宁：接力出版社，2009.1
(鸡皮疙瘩系列丛书：升级版)
书名原文：Attack of the Jack–O'–Lanterns·The Beast from the East
ISBN 978–7–5448–0563–6

Ⅰ.万… Ⅱ.①斯…②周… Ⅲ.儿童文学–长篇小说–作品集–美国–现代 Ⅳ.I712.84

中国版本图书馆CIP数据核字（2008）第178590号

总策划：白　冰　黄　俭　黄集伟　郭树坤　　总校译：覃学岚
责任编辑：吕瑶瑶　　美术编辑：郭树坤　卢　强
责任校对：王　静　　责任监印：刘　签
版权联络：钱　俊　　媒介主理：常晓武　马　婕

社长：黄　俭　　总编辑：白　冰
出版发行：接力出版社
社址：广西南宁市园湖南路9号　　邮编：530022
电话：0771–5863339（发行部）　　010–65545240（发行部）
传真：0771–5863291（发行部）　　010–65545210（发行部）
网址：http://www.jielibeijing.com　http://www.jielibook.com
E–mail:jielipub@public.nn.gx.cn

印制：河北省三河市和达印务有限公司
开本：850毫米×1168毫米　1/32
印张：9　　字数：150千字
版次：2009年1月第1版　　印次：2010年3月第4次印刷
印数：60 001—75 000册
定价：18.00 元

版权所有 侵权必究

凡属合法出版之本书，环衬均采用接力出版社特制水印防伪专用纸，该专用防伪纸迎光透视可看出接力出版社社标及专用字。凡无特制水印防伪专用纸者均属未经授权之版本，本书出版者将予以追究。
质量服务承诺：如发现缺页、错页、倒装等印装质量问题，可直接向本社调换。
服务电话：010–65545440　0771–5863291